MW01714830

Rendez-vous avec un Vampire

LUCIENNE DIVER

Traduit de l'américain
par Pierre Baril

City

Je dédie ce livre à Ty,
qui rend ma vie tellement plus douce.

© City Editions 2010 pour la traduction française
© 2009 by Lucienne Diver
Publié aux Etats-Unis sous le titre *Vamped* par Flux,
une division de Llewellyn Publications

ISBN : 978-2-35288-410-1
Code Hachette: 50 7674 0
Couverture : © Image Source / Corbis
Mise en pages : DeckeConcept

Collection dirigée par Christian English et Frédéric Thibaud
Catalogues et manuscrits : www.city-editions.com

Conformément au Code de la Propriété Intellectuelle, il est interdit de reproduire intégralement ou partiellement le présent ouvrage, et ce, par quelque moyen que ce soit, sans l'autorisation préalable de l'éditeur.

Dépôt légal : premier semestre 2010
Imprimé en France par CPI France Quercy, Mercuès - 00767/

Extrait de « Survivre au bal de fin d'année du lycée : les règles des Vampires de la Vallée » de Gina Covello, numéro de printemps du *Modern Goth Magazine*.

1. Evite la robe sans bretelles. Ça m'est égal que tu trouves ça sexy ; tu vas passer la moitié de la soirée à la remonter. Si, par miracle, elle est assez serrée pour ne pas tomber, il y a fort à parier que c'est parce que tu as une bouée au niveau du ventre. Et laisse-moi te dire au passage : beurk !

2. Evite à tout prix de te prendre une cuite après le bal au point de faire exprès de te retrouver sans le vouloir dans le placard à balais en compagnie du Casanova surprise de la soirée : disons, le champion d'échecs du lycée qui a paumé ses culs de bouteille et subi un relooking extrême ; surtout si le relooking en question a un rapport avec le fait de devenir mort vivant.

3. Si, à cause de la nature ridiculement irrésistible du sex-appeal vampirique dudit champion, tu es contrainte de sauter la règle 2, ne laisse pas ton petit ami – appelons-le « Chaz » – et sa jalousie de tigre te surprendre.

4. Ne monte jamais dans une voiture – même si sa finition rouge cerise va très bien avec ta robe – en compagnie de quelqu'un qui a bu ou qui vient de te trouver dans une position compromettante, un suçon de ouf se formant sur ton cou. A titre d'exemple, uniquement.

5. Si tu n'as pas fait cas des règles précédentes – et, sérieusement, médité sur la numéro 1 (discussion sur les dysfonctionnements de la garde-robe) –, assure-toi que tu as un plan de mort. C'est un peu comme un plan d'urgence, mais, pour la mort, tu vois. Par exemple, vérifie qu'il n'y a absolument rien dans ton armoire de mortellement affreux parce que tu peux être sûre que c'est ce qu'on te fera porter au funérarium. Il serait peut-être bien aussi de laisser des sortes de consignes pour que tu ne sois pas enterrée avant quatre jours – à ce stade, soit tu auras ressuscité, soit cela te sera égal –, parce que se creuser un tunnel jusqu'à la surface, sans parler des efforts que tu devras fournir pour ouvrir le fichu cercueil, c'est l'horreur pour tes ongles.

6. Maintenant, il y a fort à parier qu'au milieu de tout ça, la règle 5 n'est même jamais apparue sur ton radar. Je comprends ça. Donc, tu es affamée et crasseuse, mais tu as survécu… mieux, en tout cas, que la décapotable rouge cerise d'un certain garçon. En temps normal, je ne préconise pas de sortir dans le monde sans faire un brin

de toilette ; donc voici un tuyau : le sang, ce n'est jamais très tendance. Il y a fort à parier qu'en tant que morte vivante néophyte tu manques un peu de, euh... délicatesse lorsque tu te nourris. Il serait donc peut-être plus judicieux de manger avant d'aller faire les boutiques.

7. C'est là que ça se corse. Les vampires n'ont pas de reflet. Ouais, je sais, je sais. Impossible d'arranger ta coiffure ou ton maquillage. Qui veut traverser l'éternité en véritable pouilleuse ? Je veux dire, quelle blague cosmique, pas vrai ? Ce que je recommande : deviens ta propre visagiste, constitue-toi un entourage... Fais tout ce qu'il faut.

8. Très bien, donc te voilà repue et splendide. Il y a fort à parier que ton intello de sire attend quelque part en coulisse avec l'espoir que tu sois son esclave sexuelle pour l'éternité. Les filles, tout ce que je peux dire, c'est que le mec peut bien être le Second Avènement de Brad Pitt, je m'en fiche, ne lui rendez pas la tâche facile. Annoncez tout de suite la couleur. Vous êtes jeunes, belles et, tant que vous évitez les pieux et les décapitations, immortelles. Le monde est votre huître. Forcez-le à l'ouvrir et à monter les perles (en platine de préférence).

1

Je suis là pour vous dire que ressusciter d'entre les morts, c'est carrément craignos. Je me réveillai aveuglée par la peur. Littéralement aveuglée... A mesure que je revenais à moi, mes paupières tentèrent de s'ouvrir comme les stores de fenêtres des dessins animés, mais en vain. Quelque chose les maintenait fermées. En essayant de lever les mains vers mes yeux, je les cognai contre les parois de ma prison ; un cri fit une apparition subite du côté de mes orteils, mais rien ne sortit de ma bouche. *Mon Dieu !* bégaya mon esprit... *Aucun souffle !* Pas d'air. J'étais en train de suffoquer.

Une microseconde plus tard, je m'aperçus de l'idiotie de cette idée. Il n'était pas possible que je suffoque puisque je ne respirais pas. Mon cœur ne battait pas non plus, d'ailleurs. En fait, il régnait un silence de... euh... de mort.

Mon esprit s'arrêta net : à mes yeux, bizarrement, il ne s'agissait pas là que d'une comparaison ou d'une métaphore ou de je ne sais quoi. Pas de battements de cœur, ça voulait dire pas de pouls. Pas de pouls, ça voulait dire morte, pas vrai ? Et pourtant, j'étais bien là. Par de grandes respirations inutiles, je luttai contre la panique – non, le mot est trop faible, contre l'*hystérie* – qui montait en moi... jusqu'à ce que mon côté *Cosmo* girl me commande sans ménagement de mettre ma petite culotte de grande fille et d'assumer. J'étais Gina Covello, bordel. Pour le moment, il s'agissait de survivre ; je paniquerai plus tard.

Bon, je ne connaissais qu'une façon de se réveiller mort... enfin, deux, mais je n'avais pas l'impression d'être un zombie carnivore. Il fallait donc que je sois un vampire. Une créature de la nuit comme chez Bram Stoker, Ann Rice et tout le tremblement. Ça pouvait être sympa, non ? Enfin, en dehors du sang à sucer et de la phobie du bâton pointu, il y avait la jeunesse et la beauté éternelles, et tout... En admettant que je réussisse à sortir de la tombe. Autrement, ça n'aurait pas beaucoup d'importance. Je serais vouée à la non-vie, à observer le va-et-vient des vers, *les vers qui jouent à la belote sur ton museau...* (J'entendais la comptine dans ma tête.)

Beurk ! En tâtonnant, je pris conscience que mes parents avaient dû opter pour le modèle de cercueil grand luxe avec doublure en soie et tout, et je réussis, non sans tortillements, à toucher mes paupières, qui – beurk ! – étaient maintenues fermées par des trucs en plastique flippants faisant penser à de minuscules oursins de mer. Dégueu ! Je ne me rappelais pas que les vamps de l'univers de Buffy aient connu ce genre de problèmes.

Je me débarrassai des monstrueux bidules à paupières, puis je m'empressai de crier à l'aide (après avoir rempli mes poumons comme des ballons de baudruche afin d'avoir de l'air à propulser à travers mes cordes vocales) et de cogner contre le couvercle de mon cercueil. Dix ou vingt coups plus tard, ça commença à véritablement s'ouvrir, et je me dis que toute cette histoire de non-vie avait dû me donner une force surhumaine. Ou bien alors, ma tombe n'avait pas encore eu assez de visiteurs pour que la terre soit vraiment tassée, ce qui paraissait vraisemblable. D'après les inscriptions, il n'y avait que trois jours que j'étais morte. Mes parents, s'ils restaient fidèles à eux-mêmes, s'étaient probablement envolés pour quelque destination exotique après l'enterrement, histoire de noyer dans l'alcool le malaise de ma mort. Cela ne tiendrait pas tant au fait qu'ils ne m'aimaient pas, mais au fait qu'aimer, ce n'était pas leur truc. A l'origine de rides disgracieuses et tout, l'émotion ne faisait pas bon ménage avec leurs traitements au Botox. Pleurer, ça vous tachait un visage.

Toute surhumaine qu'était ma force, lorsque je remontai à la surface, mes mains étaient dans un état épouvantable, mes ongles étaient fendus et j'étais couverte de terre. Et pas qu'un peu. Je m'apprêtais à piquer une crise lorsque je découvris le vêtement que j'étais en train d'épousseter : et le choc, en quelque sorte, annula le précédent. Mes parents m'avaient enterrée dans une abominable robe à œillets blancs, qui me faisait ressembler à une mariée enfant dont les goûts vestimentaires laissaient sérieusement à désirer. Je me souvenais vaguement d'avoir été obligée de la porter pour ma première communion et je n'en revenais pas qu'elle m'aille encore.

Il faut dire que je n'avais pas pris d'envergure, hormis, bien sûr, au niveau du buste. Dans le sens de la longueur, par contre, je n'avais, hélas, pas beaucoup grandi : j'atteignais péniblement quelque chose comme un mètre cinquante-deux, grand max. Bref, s'il y avait bien une chose qui méritait d'être recouverte de la terre du tombeau, c'était ce vieux chiffon.

Je secouai ma crinière brune en essayant de ne pas penser à tous les trucs qui avaient pu tomber dedans. Y avait-il eu des asticots ? *Oh ! je vous en supplie, faites qu'il n'y ait pas eu d'asticots*. Je fis entrer cette image dans une profonde et sombre boîte mentale qui portait l'étiquette *Araignées et autres trucs poisseux*. Mais, curieusement, en soulever le couvercle déchaîna une multitude d'autres pensées horrifiantes. Face à cet essaim de souvenirs, je tombai sur le derrière, en plein sur la terre fraîche de ma tombe.

J'avais une idée relativement claire de la manière dont j'étais devenue vampire. Les souvenirs se bousculaient dans ma tête : robes de soirée, cris, hurlements ; Chaz qui me tirait par le bras, l'haleine fleurant la bière bon marché ; il me jetait dans sa voiture ; laquelle zigzaguait sur la route ; le cri déchirant de la tôle contre la tôle lorsqu'une grosse cylindrée verte nous avait percutés sur le côté, nous faisant tournoyer ; cet arbre qui se rapprochait de moi *bien trop vite*…

Je fis retomber mon bouclier mental sur le souvenir suivant : le monde partant en vrille, le choc soudain que généra l'impact, et… Bref, c'est comme ça que je suis morte, mais pas comme ça que je suis devenue vampire. Cette transformation avait dû se produire plus tôt, pensai-je, pendant l'after qui avait suivi le bal du lycée. Sans que je me l'explique, je m'étais retrouvée à me bécoter avec ce fichu Bobby Delvecchio devenu, comme par magie, totalement irrésistible. Et, en effet, quelques mordillements avaient aussi été au programme. Ce dut d'ailleurs être à ce moment-là que toute cette histoire d'échange de sang avait eu lieu. Les détails étaient un peu confus – le fait que j'avais puisé dans le punch de Marcy y était peut-être pour quelque chose –, mais ce n'était sans doute pas plus mal.

Mon ventre fit un bond. Au début, je crus qu'il s'agissait d'une réaction de révolte face à l'idée du sang. Mais je m'aperçus ensuite que c'était la faim… non, *la soif du sang*. Je ne savais plus où me mettre. En tout cas, au moins, l'affaire était close. Malgré mes efforts pour voir le bon côté des choses, « mort vivant », ça voulait dire « pas cool ». Je commençais à comprendre pourquoi les films de vampires entraient dans la catégorie horreur.

Franchement, un régime exclusivement liquide, une vie sans pouvoir bronzer… Je serais vouée à ressembler, pour l'éternité, à la mariée de Frankenstein, surtout avec le sac de toile qui me servait de vêtement. A la seconde où je mettrais les mains sur mon sire, j'allais lui tordre son petit cou squelettique.

A ce propos, on pourrait penser qu'être transformée par un gars comme Bobby Delvecchio offre l'avantage d'un dévouement infini. Genre, il attendrait que je ressuscite, les bras chargés d'une tasse de sang chaud et d'un peignoir ou de je ne sais quoi. Je me remémorai ses yeux bleus façon Elijah Wood et son look lors du bal de fin d'année, avec ses cheveux châtains moitié hirsutes contrastant avec son smoking sur mesure. Bon, d'accord, peut-être pas aussi polar que ça au bout du compte. Peut-être que son nouveau sex-appeal de vampire lui avait donné une très haute idée de sa personne au point qu'il se considérait désormais comme un homme à femmes. Si ça se trouve, à cet instant précis, il était en train de faire de l'œil à quelque autre fille. Voire en train de créer son propre harem. A cette seule pensée, je me relevai de la terre fraîche de ma tombe, les poings serrés.

— Gina !

Comme si je l'avais invoquée, la voix de Bobby m'appela à l'autre bout du cimetière. De soulagement, je faillis me retourner vers lui avant de me rappeler que j'étais furieuse contre ce menteur.

— Gina ! cria-t-il plus fort. Attends.

Je le laissai s'approcher, me préparant à me retourner une fois qu'il ne serait plus qu'à trois pas environ : c'est la portée optimale quand on veut, la colère dans les yeux, effectuer ce genre de manœuvre. J'étais quelque peu frappée par la précision avec laquelle je parvenais à localiser sa position ; pourvue de mes nouveaux sens de vampire, le bruit le plus faible paraissait à plein volume.

— T'es en retard, lui dis-je sans me soucier du fait que j'avais failli, en me retournant, lui donner un grand coup avec mes cheveux.

Je ponctuai ma remarque en posant la main sur ma hanche.

Bobby semblait vouloir remonter le col de sa chemise, sauf qu'il n'en portait pas vraiment… un col, j'entends. Il était vêtu d'un pull en V de la même couleur exactement que ses yeux. Sa veste en cuir noir donnait l'impression d'être aussi molle que du beurre. Je me demandai si la transformation en vampire lui avait donné un sens de la mode surnaturel. Si c'était le cas, pourquoi personne ne suivait cette mode ? Cela me coupa le souffle… souffle dont je ne faisais aucun usage de toute façon. Et ça, ça dépassait l'entendement.

— Euh, ouais, répondit-il, son aptitude à parler aux filles ayant toujours un temps de retard sur son style flambant neuf. J'avais quelque chose à faire avant.

C'est là que mes yeux s'arrêtèrent sur les sacs de courses. Il y en avait deux. Caractérisés par ce splendide rouge de chez Macy's. Tout mon côté négatif s'envola.

2

— C'est pour moi ? demandai-je.

Lorsqu'il eut acquiescé, je bondis pour attraper les sacs. Bobby, surpris, fut suffisamment avisé pour se reculer lentement. Je fus obligée d'en lâcher un pour fouiller dans l'autre qui était plein à craquer des plus splendides étoffes : soie, satin et des tissus qu'on ne trouvait pas dans la nature, tous teints dans des tons vifs de pierres précieuses. Mon cœur faillit éclater. Je laissai tomber le sac pour ramasser le second, plus lourd. J'y trouvai un fouillis de sandales à lanières, de bottes élégantes et une boîte à bijoux oblongue qui semblait idéale pour renfermer un bracelet tennis en diamant.

— Je n'étais pas sûr de ta pointure, dit Bobby en indiquant les chaussures avec son menton. Alors, j'en ai pris plein.

Il se peut qu'il ait dit quelque chose après cela, mais sa voix fut couverte par l'appel des sacs rouges de chez

Macy's qui était presque aussi puissant que la soif de sang qui continuait de me déchirer. En réalité, la fièvre acheteuse, tout comme le désir de se goinfrer, était très primale. Peut-être que Macy's avait touché un point sensible, là, comme une veine.

J'aurais pu étreindre Bobby pour avoir songé à la thérapie fringues – la plupart des hommes seraient passés à côté –, mais j'avais une boîte à bijoux à explorer. Tout en la tenant dans le creux de ma main, j'en ouvris le couvercle. Après avoir retenu mon souffle, je respirai à nouveau en soupirant. Un collier rouge grenat reposait sur le velours douillet, accompagné des boucles d'oreilles assorties. Pas des diamants, certes, mais cela ferait l'affaire.

Je m'apprêtai à serrer le garçon dans mes bras, histoire de montrer que tout était pardonné, mais je fus arrêtée dans mon élan par une lumière vive dont le faisceau était dirigé sur mon visage.

— Vous, là-bas ! dit quelqu'un depuis l'endroit d'où provenait la lumière.

La voix avait un je-ne-sais-quoi d'officiel qui indiquait qu'un badge légitimait peut-être ce ton et que nous étions dans de vilains draps.

— Le cimetière est fermé. Qu'est-ce que vous trafiquez ?

Nous eûmes à peu près une seconde de répit lorsque la lumière dansa sur les sacs à mes pieds avant de remonter vers nos visages.

— Restez là. Va falloir me montrer ce que vous avez dans ces sacs, et je veux voir vos papiers.

— Euh… j'ai des reçus pour ces affaires, dit Bobby.

La lumière se fixa sur lui, et il détourna les yeux. D'après le bruit de terre et de brindilles écrasées, le chien de garde se rapprochait. J'étais toujours éblouie. De toute façon, je ne savais pas trop quoi faire. Mais je le sentais mal. Il n'aurait qu'à me reconnaître, genre après avoir vu ma photo dans un avis de décès ou quelque reportage sur l'accident (une tragédie de cette nature, tous les journaux en avaient parlé, c'était obligé), mais c'est à Bobby qu'il s'intéressa.

— Toi, c'est quoi ton nom ?

— Bobby, euh… Beall.

Les pas s'arrêtèrent tout près.

— Je vois. Et qu'est-ce que tu fabriques dans le cimetière la nuit, Bobby, euh… Beall ?

— Je retrouve ma copine.

— Je vois, répéta l'agent de sécurité en dirigeant le faisceau de sa lampe vers moi. Toi… tu m'as l'air d'avoir creusé la terre.

Sa voix se fit soudain beaucoup plus dure qu'elle n'avait été jusque-là, comme s'il ne se contentait plus de simplement bousculer des jeunes. Je regardai Bobby, mais il croisa mon regard avec des yeux écarquillés et paumés. Pendant ce temps, le gardien me fixait comme s'il allait peut-être me donner un coup de Taser et attendre plus tard pour me poser des questions.

— Je suis juste sale parce que j'ai roulé par terre. Des galipettes, quoi, répondis-je en me brossant d'un air gêné. Ça a abîmé ma plus belle robe, ajoutai-je en manquant d'éclater de rire.

A ces mots, l'agent ricana.

— On pourrait y passer la nuit ; toi, à raconter des bobards, et moi, à ne rien gober, ou alors tu pourrais simplement me dire ce que tu trafiques avec les cadavres.

Je me reculai comme s'il m'eût frappée. *Les cadavres ?* Non, mais sans déconner.

Je renversai d'un coup de pied le sac qui se trouvait le plus près, et les chaussures se déversèrent.

— Des pompes, d'accord ? Pour mon anniversaire à moi. Pas de morceaux de corps. Beurk !

Quelque chose changea dans le regard du type, comme si ma réaction était bien trop authentique pour être mise en doute. Il n'empêche que… un cimetière… de nuit… Moi… ressemblant à un zombie. Je n'offrais pas tout à fait l'image de l'innocence.

— Il va quand même falloir me montrer vos papiers, insista-t-il. Sortez-les, puis levez les mains bien en évidence.

La carte d'identité de Bobby n'indiquerait pas « Beall ». Quant à moi, bien sûr, je n'en possédais pas. Je n'avais aucune idée de ce que Bobby faisait lorsqu'il plongea la main dans sa veste. Peut-être gagnait-il du temps, mais je voyais mal comment cette affaire pourrait bien se terminer. Alors, je fis la seule chose qui me vint à l'esprit : je sacrifiai mes nouvelles fringues pour balancer la boîte à bijoux en plein dans la lampe. Cela n'aurait sans doute pas marché si j'avais été la Gina d'antan, mais avec mes nouveaux pouvoirs de vampire, même ce petit projectile possédait assez de force et de vitesse pour arracher la lampe des mains du gardien et pour l'envoyer tourbillonner dans la nuit. *Cool !* me dis-je.

— Hé ! s'écria-t-il.

J'empoignai Bobby, ramassai le sac de vêtements – qui ne s'était pas renversé – et les tirai tous deux dans la direction de *loin*, déguerpissant à tombeau ouvert.

Aucune balle ne vint siffler à nos oreilles, même si le martèlement des pas derrière nous indiquait que nous étions poursuivis. Il ne nous fallut que quelques rues et trois ou quatre zigzags de ouf pour semer le gardien. Nous nous arrêtâmes alors dans une ruelle, entre une épicerie et une friperie, afin d'être absolument certains de la réussite de notre échappée.

J'avais envie de rire comme une folle. Toute cette histoire de vampire… c'était dingue, mais, maintenant que j'y avais goûté, je me sentais ivre de pouvoir, égayée par cette dernière euphorie, vivante comme jamais je ne l'avais été du temps où mon pouls battait encore.

Je me jetai dans les bras de Bobby et blottis ma tête contre son cou. Son parfum était irrésistible. Je sentais l'odeur de son sang sous sa peau, j'en sentais presque l'appel. C'était genre… genre… sexy, enivrant, un peu comme le punch de l'after qui avait suivi le bal. Mes canines me picotèrent et se mirent à pousser.

— Je suis contente que tu sois venu, lui dis-je en me tranchant à moitié la lèvre par la même occasion.

Ça piqua, mais l'espace d'un instant seulement. La faim était plus forte, et je léchai mon propre sang sans me rendre compte un seul instant de ce que je faisais.

— Oh ! c'est normal, dit Bobby. Quand j'ai appris l'accident… T'es ma copine, pas vrai ?

J'avais complètement perdu le fil de la conversation.

— Euh, Gina, tu m'écrases.

Mes dents effleurèrent la chair de son cou, égratignant à peine l'épiderme et renforçant la capiteuse odeur du sang jusqu'à ce qu'elle m'embue l'esprit.

Bobby se recula.

— Il faut qu'on aille manger un morceau.

Je le regardai et fis un bond en arrière, d'une bonne cinquantaine de centimètres. Dans ses yeux, je voyais le bâtiment en brique qui se trouvait juste derrière moi : le mortier qui s'effritait, la lune couleur peau de melon qui jetait un œil au-dessus de son toit… Tout sauf *moi.*

— Oh ! bon sang ! dis-je en gémissant.

— Quoi ? demanda Bobby en s'avançant vers moi. Gina, qu'est-ce qu'il y a ? T'as mal quelque part ?

— Je n'ai pas de reflet.

La perplexité lui fit froncer les sourcils.

— Bah… non, ça fait un peu partie de la transformation.

— Mais aucune image… Est-ce que tu saisis ? Comment est-ce que je suis censée me coiffer ? Et me maquiller ? Je vais me rentrer le crayon dans l'œil en essayant de mettre de l'eye-liner.

Bobby me regarda comme si j'avais peut-être, au bout du compte, des asticots dans les cheveux.

— Gina, tu es *belle.* Mieux que belle. Je ne comprends pas…

— Tu as raison, dis-je avec frénésie. Je dois vraiment casser la croûte. Et je sais exactement ce qu'il me faut.

Vu la vitesse avec laquelle il se recula, je suis persuadée qu'il croyait que c'était à lui que je faisais allusion, mais ce n'était pas le cas. Question éducation, mon père et ma mère n'avaient pas lésiné sur les clichés. *A quelque chose malheur est bon* fut l'un de leurs préférés, et je suppose que cela m'était un peu resté. Tout ce dont j'avais besoin, c'était d'un endroit où prendre une douche et me changer, d'une coiffeuse, d'une séance de manucure/pédicure, d'une crème de beauté, et je serais comme neuve. Je pourrais même me constituer mon propre personnel pour les retouches. Ça vaudrait mieux que tous les miroirs du monde. J'essayais de le croire.

— Pas toi, crétin, lui dis-je. *Shirl.*

— Qui ?

— Ma coiffeuse. Je ne peux pas continuer à vivre avec cette tête !

Bobby fronça les sourcils encore un peu plus. Qu'il continue ainsi et, vampire ou pas, il pourrait bien avoir besoin de Botox dans une décennie ou deux.

— Mais, euh… trois, ça commence à faire du monde, tu crois pas ?

— Oh ! Donc, puisque tu es mon… quoi ?… mon sire, tu m'as pour toi tout seul, c'est bien ça ?

— Non, Gina, c'est juste que…

— Ou peut-être que je devrais rester un désastre ambulant pour que personne d'autre ne veuille de moi ?

— Non, je…

— Non ? Bon. Alors, on y va.

Bobby lança les mains en l'air, geste que j'aperçus du coin de l'œil au moment où je me retournais pour ouvrir la marche.

J'étais *belle* ? Je poussai, à part moi, un grognement de dédain. C'était, genre, le baiser de la mort. Avec des pouvoirs de persuasion de cet acabit, on avait du mal à croire que Bobby ait réussi à se faire sélectionner pour l'équipe de débat, et encore plus qu'il ait été élu capitaine.

3

Je n'avais pas vraiment besoin de respirer, mais j'avais entendu dire un jour que cela avait des vertus apaisantes, alors je fis de mon mieux. Inspirer par le nez, expirer par la bouche. Non, malgré mes superpouvoirs, j'étais toujours dans la mouise… ou, pire encore, au fin fond de Bloomingdale's sans carte de crédit. La moitié du lycée s'était sans doute rendue à mon enterrement et se souvenait désormais de moi comme un exemple de mauvais goût question habillement. Tina, ma pire ennemie, était probablement aux anges. Elle s'était, à coup sûr, empressée d'aller consoler Chaz, qui avait sans doute survécu à l'accident sans une égratignure. Il fallait que j'orchestre un come-back. Il fallait que ce soit quelque chose qui en jette… Qui soit si fabuleux que ça fasse oublier les images horribles de ma mort. Quelque chose comme… la cérémonie de remise des diplômes.

Avant de mourir, j'avais sué sang et eau pendant une journée entière en m'arrêtant dans toutes les boutiques du coin afin de trouver la robe idéale et le vernis à ongles pour aller avec. Il pouvait bien arriver n'importe quoi, j'allais trouver le moyen de prendre part à cette cérémonie. J'éblouirais mes camarades de classe grâce à de la science cosmétique... Peu importe la quantité de lotion solaire que cela demanderait. Cela relevait quasiment de la mission de service public. Et, pour rétablir mon ancienne splendeur, j'avais besoin de Shirl.

Son salon, Film Clips, se trouvait au milieu d'un centre commercial à proximité du centre-ville. Avec ses affiches de vieux films, ses miroirs énormes entourés d'ampoules et un papier peint avec bobines de films, on avait l'impression d'être une star chez elle. De récentes photos d'acteurs et d'actrices étaient collées çà et là pour l'inspiration. Ma coiffure me faisait ressembler à une Paris Hilton brune avec un très joli volume (le chiot miniature en moins, lequel ne faisait que distraire de l'attraction principale).

Après avoir été pris pour des kidnappeurs de cadavres, Bobby et moi prîmes soin, en nous rendant chez Clips, d'éviter toutes les voitures de police ou même les lampadaires. Chercher à ne pas se faire remarquer était une nouveauté pour moi. Cela avait un côté tellement... tellement... *Mission impossible.* Bobby se sentit d'ailleurs obligé d'en fredonner la musique dans sa barbe. Arrivés sur le parking du centre commercial, nous nous accroupîmes derrière l'un des trois seuls véhicules, celui qui était le plus près de Clips. Les deux autres se trouvaient tout au bout : le premier, une camionnette quelconque qui s'était reculée jusqu'aux portes ouvertes d'un magasin de sport, et le second, une berline foncée aux suspensions basses. Evidemment, notre cachette à nous était une épave toute rouillée, qui donnait l'impression que quelqu'un l'avait conduite en enfer et était revenu avec, en oubliant d'y passer un coup de karcher. Je n'osais même pas me retenir à la portière de peur d'attraper le tétanos ou je ne sais quoi d'autre.

Bobby avait préféré garer son propre tape-cul au bout de la rue plutôt que sur le parking du centre commercial. Il ne voulait pas qu'on l'associe à la disparition à venir de Shirl. Il n'était toujours pas enchanté à l'idée de la transformer, mais il avait cédé quand je lui avais dit que l'autre possibilité consistait à le forcer, lui, à suivre des cours de cosmétique pour remplacer Shirl.

Je jetai un œil par-dessus le capot de l'épave rouillée pour voir à l'intérieur de Clips, histoire de faire une reconnaissance visuelle. A côté de moi, Bobby en fit autant. Comme on pouvait s'y attendre, Shirl était seule à l'intérieur et accompagnait une chanson que diffusait sa radio. Mon Dieu ! Sans aucun sens du rythme, elle se déhanchait en secouant des choses qui continuaient de gigoter après son passage. Elle se servait du balai comme partenaire de danse et comme microphone tout à la fois. On aurait dit que quelqu'un avait fait tomber des fourmis rouges dans son pantalon.

— Qu'est-ce qu'elle nous fait, là ? demanda Bobby.

C'était exactement ce que je me demandais. Je fis la grimace.

— Tu l'as dit. C'est affreusement gênant. Ça suffirait presque pour que j'annule la mission et que je trouve une autre coiffeuse.

Bobby me regarda.

— Parce qu'elle ne sait pas bien passer le balai ?

Je le regardai à mon tour, incrédule.

— A cause de l'abominable shimmy qu'elle est en train de faire avec ce balai. Elle a l'air d'une godiche. Bon sang ! ce que tu peux être blaireau.

Bobby montra un regard étonné.

— Mais elle est juste en train de balayer les cheveux, là.

Je levai les yeux au ciel.

— Rien à ajouter.

Ma faim, cependant, se fichait de la dignité ou du shimmy. La soif de sang était tellement forte qu'elle chassait tout autre pensée, me donnant des crampes d'estomac et me laissant les jambes en coton. En imaginant mes dents percer l'épiderme de Shirl, et le sang, tel un chaud nectar, couler dans ma bouche, je faillis tomber à la renverse pour la seconde fois cette nuit-là. Je m'oubliai même suffisamment pour me retenir d'une main à l'épave rouillée.

— Ça va ? demanda Bobby.

Que demandait le peuple ! J'avais mon blaireau… J'ajouterais la godiche, et il ne me manquerait plus que le paumé pour avoir toute la panoplie.

Une porte s'ouvrit brusquement à l'autre bout du centre commercial. Suivit alors le craquement aigu que fit quelque chose en tombant par terre.

— Aïe ! Fais gaffe, abruti ! cria quelqu'un.

J'aurais regardé de toute façon, mais il y avait dans cette voix quelque chose de familier…

— Tu t'en remettras, répondit une femme, que cette perspective ne rendait pas particulièrement enthousiaste.

Bobby me donna un coup de coude dans les côtes.

— Ça ne peut quand même pas être… Larry Pearce ?

— Qui ? demandai-je.

Je jetai un œil, mais je ne reconnus pas le mec aux cheveux roux et au teint rêvé, entièrement fait pour les pubs d'exfoliants. Le type à côté de lui, par contre… lui, je le connaissais : Rick Lopez. Pas étonnant que la voix m'ait paru familière. Entre mes nouveaux sens de vampire et l'éclairage du centre commercial, on pouvait difficilement se tromper sur la carrure gonflée aux stéroïdes, la veste bleue et or de l'équipe de foot du lycée. J'avais reconnu les petits yeux méchants du bras droit de Chaz… et ailier ou bélier ou je ne sais quoi des Lémuriens du lycée Mozulla High. Ils étaient accompagnés par une sorte de garçon manqué qui les aidait à sortir du magasin d'encombrants sacs remplis d'affaires.

Je ne savais pas quelle information traiter en premier.

— Pourquoi est-ce que ça ne peut pas être Larry ? murmurai-je à Bobby.

— Il est mort, répondit-il.

Mes lèvres tremblèrent.

— Nous aussi.

— Oui, mais…

— Quoi ?

— Je ne sais pas, c'est bizarre. Et j'ai pas l'impression qu'ils payent pour cette marchandise, ajouta-t-il en pointant le menton vers l'écriteau *Fermé*.

Un autre spécimen gonflé aux stéroïdes descendit de la camionnette et ouvrit les portières arrière pour que ses camarades y fassent entrer leur butin. Il ne cherchait pas à s'assurer de l'absence de la police et ne regardait pas non plus ce qu'il faisait. Il se contentait de caresser des yeux les courbes du justaucorps de Godzillette. Et qu'est-ce que c'était que cette histoire de justaucorps, hein ? Ce n'était pas pour rien que ces vêtements avaient subi – ou auraient dû subir, en tout cas – le même sort que les dinosaures. Si les raisons vous échappent, je peux vous les résumer en un mot : accès. Ou bien en deux : pause pipi. Songez-y.

— Est-ce qu'on ne devrait pas les arrêter ? dit Bobby.

Cela ne semblait pas à nous de le faire, mais ça me démangeait d'essayer les nouvelles capacités de mon corps. Le problème, c'est qu'ils nous surpassaient en nombre, et j'ignorais combien, parmi eux, étaient des vampires comme nous. Rick avait un bouton sur le menton qui me laissait à penser qu'il ne faisait partie d'aucune fraternité à longues canines (pas après avoir vu la parfaite porcelaine de Larry). Pour les autres, je n'en savais rien. Et quelque chose me disait que les trucs qui saillaient dans les sacs étaient moins inoffensifs que des leurres pour la pêche et des vers de terre.

— Les arrêter comment ? En se battant ? Ou, genre, on appelle les flics et on attend pour témoigner ? demandai-je.

C'était trop chou qu'il veuille la jouer en vrai héros, mais il fallait que quelqu'un fasse entendre la voix de la raison.

— On n'est pas exactement des…

Les lumières s'éteignirent à l'intérieur de Film Clips. Shirl était sur le départ.

— Vas-y, vas-y, vas-y ! lançai-je en montant la voix et en poussant Bobby.

Shirl nous tournait le dos pendant qu'elle fermait le salon, mais elle se retourna brusquement au son de nos pas. (Ni Bobby ni moi n'étions parvenus à la grâce féline que les vampires des films semblent toujours détenir.) Elle écarquilla les yeux en m'apercevant.

— G-G-Gina !

J'eus un mal fou à ne pas pouffer. Le côté « je bégaie de peur » était un véritable cliché, même si le côté tremblant, « lapin dans les phares », était réussi.

— Chut ! dis-je sur un ton rassurant, peu désireuse que Rick entende et que la nouvelle de ma résurrection fasse le tour de l'école avant que j'orchestre mon come-back.

— Les rumeurs sur sa mort ont été très exagérées, ajouta Bobby pour m'aider.

— Mais je suis allée à l'enterrement, dit Shirl, sans que ses yeux verts quittent un seul instant mes yeux marron doré.

Vous voyez, je savais bien que Shirl était une perle. Je me demandais s'il y avait le moindre risque pour que mes parents lui aient demandé de me coiffer pour la cérémonie funèbre. Sinon, j'avais dû avoir droit à la coupe bien ringarde. Et *tout le lycée* m'aurait vue arrangée de la sorte. Je me demandai si ma réputation s'en remettrait un jour.

— Shirl, ils se sont, euh… trompés sur l'identité, improvisai-je.

Je ne pouvais pas la transformer juste là avec d'éventuels témoins oculaires à proximité. Il fallait que je trouve une histoire, et vite.

— Il faut que tu viennes avec moi. Aide-moi… aide-moi à changer de tête ! Il s'agissait d'un véritable complot et je suis toujours en danger.

Je sentais la peur rouler sur elle comme des vagues et je voyais bien que mon histoire ne prenait pas. Sans doute que le zézaiement provoqué par mes nouvelles dents pointues donnait à ma voix un côté sinistre. Mais sa peur faisait du bien. Un bien bizarre. Je me sentais comme un chaton avec une balle de *catnip*.

— Hé ! cria Rick d'une voix suffisamment forte pour que je me retourne.

Son regard croisa le mien, malgré la longueur de la galerie marchande qui nous séparait, et je me demandai s'il avait vraiment de bons yeux ou bien si ma voix avait porté.

— Toi !

En deux temps, trois mouvements, Shirl était partie, profitant de ma distraction pour se précipiter vers l'épave rouillée.

— Putain ! Cours après ! hurlai-je à Bobby.

Shirl était dans sa voiture, la porte fermée et le moteur en marche avant que nous puissions faire quoi que ce soit. Je me plaçai devant le véhicule, mais elle recula et prit la tangente.

— Quoi, moi ? demandai-je en m'en prenant à Rick, prête à l'accepter comme donneur de sang remplaçant.

Mais tout ce que j'aperçus, ce furent les feux arrière de la camionnette. Rick et ses comparses avaient pris la fuite, la berline foncée en tête. Les portes du magasin se refermèrent avec bruit derrière eux.

— Euh… Bobby, qu'est-ce que tu m'as refilé, là ?… Des poux ?

4

En me rendant vers le tape-cul merdique de Bobby, je trébuchai à deux reprises. J'étais dans le même état que lorsque j'avais essayé un régime à base de pamplemousse pendant la période du bal de fin d'année : grincheuse et faible.

— T'aurais pas pu braquer une boucherie en venant me chercher ? lui demandai-je brusquement.

— Braquer ?

— Tu sais bien, entrer par effraction, faire un hold-up, cambrioler.

On aurait dit que je lui avais donné un coup de règle sur la tête parce qu'il ne connaissait pas ses conjugaisons.

— Attends, tu as bien un reçu pour ces fringues, hein ? demandai-je.

— Bah… ouais, dit-il, comme si cela allait de soi.

Et c'était le cas, bien sûr. Bobby, le champion d'échecs et le capitaine de l'équipe de débat, c'était de l'étoffe de chevalier servant. Le fait de « vivre en marge du système » allait probablement le tuer une seconde fois.

Ma voix se fit plus douce.

— Bobby, tu es *mort.*

— Oui, mais ça, ils ne le savent pas. Ma carte de crédit marche encore.

— Comment ça ? Non, je vais y revenir dans un instant. Ce que je veux dire, c'est qu'on est, genre, au-dessus des lois. Des rebelles, pas vrai ? Vu qu'on n'a pas de reflet, on ne laisse sans doute aucune image sur les agaçantes caméras de surveillance.

— Ouais, je suppose, mais voler, c'est *mal.*

Bobby m'ouvrit la portière de la voiture, exactement comme si sa Ford Crown Vic était une sorte de carrosse. En passant devant lui, je sentis presque le goût du sang sous sa peau. Ce serait chaud, humide et… Je m'en léchai les babines d'avance.

— Reste concentrée, dit Bobby en me regardant comme si je pouvais bondir sur lui à tout instant.

J'étais concentrée… sur la courbe lisse de son cou, là où se trouve le pouls, qui, maintenant que je l'examinais de près, ne battait pas d'ailleurs. Trop bizarre.

— De quoi on parlait ?

— Voler, pas bien, me souffla Bobby.

A ces mots, je dirigeai mon attention sur ses yeux.

— T'as un boulot ? demandai-je.

Bobby, alors sur le point de me faire monter dans sa voiture et de refermer ma portière, s'interrompit.

— Plus maintenant. La boutique de bandes dessinées n'offre pas beaucoup d'heures du soir.

Je roulai les yeux.

— Bon, alors, est-ce que ce ne seront pas tes parents qui vont récupérer les dettes contractées dans le magasin ?

Il était complètement abasourdi. Mentalement, je m'attribuai un point.

— Et qu'est-ce que tu entends par « ils ne savent pas » que tu es mort ? demandai-je.

Bobby ferma enfin ma portière, puis s'installa derrière le volant. Il fit ronfler le moteur avant de répondre.

— Euh… en fait, j'ai perdu connaissance quelque part et je me suis réveillé deux, trois jours plus tard. Personne ne m'a jamais trouvé.

— Espèce de naze.

Je lui donnai un coup de poing sur le bras.

— Perdu connaissance, comme quand on fait trop la fête ?

— Ouais, un peu comme ça. On va où ?

Bobby embraya, mais laissa son pied fermement appuyé sur la pédale de frein. Ça paraissait un peu tard pour une filature, même si j'étais soucieuse de savoir ce qu'avaient manigancé Rick et ses potes. Est-ce que Rick savait qu'il traînait avec un macchabée ? Qu'y avait-il dans les sacs ? Ne faisaient-ils que débarrasser notre ville de tous les engins susceptibles de lancer des pieux, comme les arcs et autres objets du même type ? J'imaginais que nous ne devions pas en avoir des tonnes et des tonnes. Ou bien est-ce qu'ils s'approvisionnaient ? Projetaient-ils de partir en chasse ? Mais pour chasser qui ? Remarquez que ça n'était pas mes oignons.

— Comment t'es mort ? demandai-je à Bobby en cherchant quelque chose pour tromper ma faim et me distraire de toutes les questions auxquelles il m'était impossible de répondre.

— Et… attends… Quand est-ce que tu t'es transformé en vampire ?

Bobby émit un son inarticulé de frustration et appuya sur l'accélérateur avec plus de force que nécessaire, nous projetant brusquement en avant.

— Qu'est-ce que tu crois que Larry trafiquait avec ces mecs ? répliqua-t-il en se faisant l'écho de mes pensées.

— Change pas de sujet. Comment et quand ?

Il me jeta un regard.

— *Très bien*, souffla-t-il. Ça s'est passé au moment où l'équipe de débat fêtait notre victoire contre Baldaiga. Un des mecs avait réussi à se dégoter des fausses cartes d'identité[1]…

— Mmh mmh, marmonnai-je pour l'encourager.

— Alors, on a commencé à être un peu, euh… pompettes, et il y avait cette femme…

— Ah oui ? dis-je, intriguée.

— Et elle était vraiment, tu vois… et on a commencé à, euh… sympathiser. Après, je suppose que l'anémie, plus l'alcool ou je ne sais quoi, ça m'a quelque peu achevé. J'ai erré, trouvé un coin bien tranquille où la lumière ne me faisait pas mal aux yeux et je me suis moitié éteint.

Grâce à mes super sens de vampire, je le vis rougir, la couleur commençant au bout de ses oreilles, empourprant son visage et redescendant dans son cou. C'était mignon, dans le genre total blaireau.

Bobby semblait tellement sérieux que ses amis durent avoir du mal à le persuader de se lâcher pour un soir.

1. Pour acheter de l'alcool aux Etats-Unis, il faut souvent présenter une pièce d'identité afin de prouver qu'on a les vingt et un ans requis par la loi. (NDT)

Le convaincre de prendre des risques serait même plus dur maintenant, dans la mesure où le dernier qu'il avait pris avait conduit à sa non-vie, mais j'ai toujours aimé les défis.

— Donc, tu as dégoté une victoire et une vamp, dis-je. La classe.

Bobby jeta les yeux de mon côté.

— Tu en parles comme si elle était une sorte de récompense...

Je haussai les épaules.

— C'est ce que penseraient la plupart des mecs.

Mais je commençais à saisir que Bobby n'était pas comme « la plupart des mecs », en tout cas pas comme ceux avec qui j'avais traîné. Je savais ce qu'ils voulaient, eux, quand ils m'ouvraient la portière d'une voiture : un aperçu de cuisse lorsque ma jupe se relevait. Mais je ne savais pas comment m'y prendre avec les gentlemen. Je croyais même un peu qu'ils étaient passés de mode comme les corsets et les tournures. Ça me donnait l'impression d'être un peu... bancale, comme si Bobby était une paire de chaussures à talons qui n'étaient pas tout à fait à ma taille, mais qui étaient tout simplement trop mignonnes pour faire l'impasse.

— Où est-ce qu'on va ? demandai-je en m'apercevant soudain qu'à aucun moment je ne lui avais donné de directives, et pourtant nous étions en route.

— La Galleria, je suppose. C'est pas mal pour manger un morceau à une heure pareille.

Ils devraient justement être sur le point de fermer.

Je le regardai, saisie d'horreur, puis je baissai les yeux sur l'atrocité couverte de terre que mes parents avaient choisie pour m'enterrer. J'avais vraiment bien fait de conserver le sac de vêtements. Je m'élançai sur la banquette arrière et me mis à fouiner.

— Je me change. Ne regarde pas ! ordonnai-je.

Bobby fit un écart sur la route.

— Mais… mais je parlais juste de choper quelqu'un pendant qu'il se rendrait à sa voiture.

— Je pourrais rencontrer des gens que je connais !

Ça lui passait complètement au-dessus. Oh ! bon sang, Rick m'avait déjà vue arrangée comme un accident de train. Dès demain, toute l'école serait au courant. Remarquez que personne ne le croirait, bien sûr, et que je ne serais pas là pour supporter les moqueries.

— T'aurais pas, genre, des lingettes humides et une brosse, peut-être ?

5

Lorsque je me réveillai, la nuit suivante, on aurait dit que j'avais reçu un coup de Taser dans le derrière ! J'agitais les bras, je me débattais, j'étais complètement coincée. Je sentais un poids, un bras qui me maintenait allongée. Puis quelqu'un me cria à l'oreille :

— Calme-toi, Gina. Du calme. Ce n'est que moi. L'obscurité totale, ça fait cet effet au début. Chut !

Il me fallut une minute pour comprendre ces paroles et plus de temps encore pour que la lumière du lampadaire qui perçait à travers les stores rende les choses bien nettes. Je me trouvais dans ma propre chambre, mes parents ayant pris l'avion comme prévu vers une destination exotique, histoire de se débarrasser du malaise de ma mort. Bobby avait voulu qu'on aille dans sa piaule de célibataire ; elle présentait l'avantage d'être située au-dessus du garage de ses parents. Mais eux, ignorant que leur fils était mort, étaient restés à rôder, prêts à intervenir pour le remettre dans le droit chemin, ce qui voulait dire : lycée, lumière du jour et autres trucs malsains.

Il régnait dans ma maison un silence de mort, même si Bobby me parlait comme s'il faisait profession de murmurer à l'oreille des chevaux et que j'étais une pouliche flippée. J'obligeai mes yeux à cesser leurs roulements de panique et me concentrai sur les choses familières : les draps couleur lavande enroulés autour de moi, le dessus-de-lit violet repoussé au pied de mon lit, l'oreiller moelleux couleur framboise enfoui dans les draps, et les autres, tombés par terre… Sans réfléchir, je tendis le bras pour prendre Touffu, le chat en peluche orange que j'avais, d'aussi loin que je me souvienne, toujours eu, et je le serrai contre moi. Je me demandai ce que Bobby en pensait, mais je n'avais pas envie de me retourner et de voir de la pitié ou autre dans ses yeux. Il avait toujours un bras autour de moi ; son autre main me caressait les cheveux. Je tentai de me détendre, mais j'étais flippée. J'avais perdu la notion du temps. Entre l'aube et le crépuscule, il y avait… rien. On ne rêvait pas, on ne se retournait pas pour trouver une meilleure position. C'était juste une mort subite.

Je ne sais comment, je percutai – comme cela ne m'était pas arrivé de façon aussi radicale – que mon ancienne vie avait véritablement disparu. J'avais déjà loupé des examens de fin de semestre et j'en louperais encore. Sans une inspiration divine et un relooking extrême, mon diplôme ne serait qu'une chimère.

Tous les efforts que j'avais déployés pour gruger sur les tests de français de Marissa et pour véritablement potasser mes maths n'auraient servi à rien. Je ne me moquerais plus jamais de la vilaine moumoute de Mr. Collins avec Becca et Marcy ou ne reluquerais les fesses des joueurs de l'équipe de football pendant leurs étirements d'avant les matchs. Si j'avais été humaine, j'aurais fait de l'hyperventilation. Mais je n'étais pas humaine... plus maintenant.

Je me cramponnai à Touffu de toutes mes forces et me blottis contre Bobby pour lui indiquer qu'il pouvait continuer ce qu'il était en train de faire.

A la fin, les gestes apaisants de mon camarade firent leur effet, et ma panique perdit de son intensité. Je pourrais m'y habituer, pensai-je, en manquant de faire revenir la peur aveuglante. Les garçons étaient inconstants, et mes parents m'avaient à peu près appris à ne compter que sur moi-même. Bobby, en quelque sorte, m'avait prise au dépourvu avec sa tendresse et ses manières de chevalier servant. Ça me donnait envie de faire confiance. A cette pensée, je me raidis aussitôt, et il interrompit ses caresses, me donnant ainsi un signal tout trouvé pour repousser son bras et les couvertures, et pour me lever du lit.

En touchant le sol, mes pieds firent du bruit. Je m'aperçus alors que je portais toujours les longues bottes que j'avais fauchées dans la galerie marchande en même temps que mon « morceau à manger ». Ma nouvelle minijupe chic et ma chemise de pirate rouge montraient des plis tellement horribles qu'il était impossible que je sois vue dans cette tenue, même par Bobby, à moins que je ne décide de le faire fuir. Je me souvenais de l'after qui avait suivi le bal, lorsque nous avions commencé à flirter, la sensation de ses dents sur mon cou...

— Ne regarde pas, commandai-je en saisissant promptement une camisole fuchsia dans mon placard pour remplacer la chemise de pirate froissée.

Au moins, je serais en partie présentable.

— Pourquoi ? demanda-t-il sur un ton de surprise sincère.

— Parce que je te le demande.

Le dos tourné, je me changeai en vitesse sans cesser de me demander si la morsure de Bobby possédait une sorte de pouvoir hypnotique qui me rendait toute douce et rêveuse, qui me faisait m'oublier. Ouais, c'était probablement ça. Le beau mec à qui j'avais tendu une embuscade dans la galerie marchande au moment où il regagnait sa voiture avait eu l'air, après avoir d'abord protesté et tenté de s'enfuir, complètement stone lorsque je l'avais mordu. Puis était venue l'euphorie d'une chasse réussie, la montée brûlante de son sang… mmm. Je l'avais laissé sur le siège avant de sa Civic, évanoui, mais souriant, ce qui, question effet secondaire, n'était vraiment pas banal.

Mon pote vampire frotta ses yeux fatigués sans faire cas de mon commandement et me regarda arpenter la chambre depuis mon poster trop génial de *Pirates des Caraïbes*, jusqu'à une photo de concert de Su Surrus et une autre des Baden Boys. J'aurais dû me débarrasser de cette dernière, vu qu'il y avait longtemps que je n'écoutais plus ce groupe, mais le fond faisait complètement ressortir le violet de la frise de ma tapisserie et du couvre-lit.

— Alors, c'est quoi le programme ? demanda Bobby.

— T'es du matin, toi, hein ? demandai-je, m'en prenant à lui sans raison particulière.

— Euh… de la *nuit*, maintenant.

Un grognement fit remonter mes lèvres.

— Bref, s'empressa-t-il de poursuivre, on ne peut pas rester cachés à jamais.

— Tu veux un programme ? Il faut qu'on orchestre un come-back. Tu l'as dit, bouffi, on ne peut pas continuer à chourer des repas dans les galeries marchandes et à se cacher. On est des *vamps* ! Le dernier maillon de la chaîne alimentaire et tout et tout. Il faut qu'on casse la baraque. Je pensais qu'on pourrait s'incruster à la remise des diplômes.

Et je savais exactement quelle était la bagnole qui nous y conduirait : plutôt un carrosse qu'un tape-cul comme la chiotte de Bobby. Si la voiture de sport rouge cerise de Chaz avait survécu à l'accident et à la grosse cylindrée qui nous avait fait quitter la route – et si Chaz lui-même avait survécu –, je pourrais me venger de mon ex et me dégoter une nouvelle bagnole super, le tout en une seule mission de « Grand Theft Auto ».

Bobby ne cacha pas sa surprise.

— S'incruster à la cérémonie de remise des diplômes ? Je parle sérieusement.

— Moi aussi.

Dehors, quelque chose tomba avec fracas, et je me retournai brusquement comme si je pouvais voir à travers les murs. On aurait dit l'un des pots ornementaux que ma mère conservait sous la véranda de devant.

— Je croyais que tes parents étaient partis, dit Bobby avec humeur, sa voix à peine plus forte qu'un murmure désormais.

Il était déjà en train de se lever du lit, à la recherche des chaussures qu'il avait eu le temps de retirer, contrairement à moi que le lever du soleil avait complètement prise en embuscade.

— C'est le cas. Il le faut…

Parce qu'il était hors de question qu'ils prennent le risque de contrecarrer leur traitement au Botox… Leurs visages pourraient se fissurer.

— Allons jeter un œil.

J'avais de la détermination à revendre.

— Peut-être que c'est un cambrioleur et qu'on va pouvoir s'amuser un peu.

Bobby me regarda comme si j'avais perdu la tête, mais je commençais à m'habituer à ce trait de caractère.

— Allez, insistai-je.

J'étais sortie de la chambre et j'avais descendu la moitié des marches de l'escalier avant qu'il puisse protester, ce qui n'aurait pas changé grand-chose, d'ailleurs.

— Je n'entends plus rien pour l'instant, murmura Bobby.

Moi non plus, sauf si je comptais le craquement des marches derrière moi.

— Reste du côté de la rampe et marche sur la tranche des pieds, lui commandai-je.

— T'as déjà fait ça avant ?

Je refusai de répondre : cela aurait pu m'incriminer. En plus, si par « ça » il voulait dire « prendre des cambrioleurs sur le fait », la réponse était non. Par contre, s'il parlait de faire le mur…

— Le bruit venait de devant, dis-je. On passe par la porte de derrière et on fait le tour pour les avoir par-derrière.

— Et s'ils arrivent d'un côté pendant qu'on arrive de l'autre ?

— Oh là là, Bobby. D'abord, tu penses qu'il n'y a personne, et maintenant t'as peur qu'on les rate. Décide-toi.

J'interrompis le roulement d'yeux de Bobby par un léger coup de coude dans le bide qui lui fit émettre une sorte de « fff ».

— Suis-moi, ordonnai-je.

Je le conduisis dans la cuisine, où régnaient silence et propreté, et je collai l'oreille contre la porte de derrière. Rien. Ou peut-être un léger vent et le bruissement de feuilles, mais rien d'inhabituel.

— Tu es prêt ? demandai-je en le sentant bouger derrière moi.

— Vas-y.

Je tournai le verrou, j'ouvris grand la porte et me précipitai dehors, le thème de *Mission impossible* me trottant dans la tête.

Je sentis la douleur avant la pression. Quelque chose m'empoigna le bras et tourna. Une force brusque me poussa violemment contre le mur de la maison, ma joue raclant sur le faux stuc Tudor.

— Aïe ! hurlai-je.

— Hé ! laissez…

Le cri de Bobby fut interrompu par un nouveau bruit de chair sur le stuc.

Une odeur vraiment fétide, comme du bœuf séché et de la bière bon marché, faillit me donner des haut-le-cœur.

— La ferme, ordonna une voix, grave, hommasse et à l'origine de ces émanations. Mellisande veut vous parler à tous les deux.

— Qui ? demandai-je.

Bobby poussa un gémissement.

Le détenteur de l'haleine au bœuf séché me tordit les bras et me les remonta, faisant hurler mes épaules de douleur lorsque mes omoplates essayèrent de se rejoindre au milieu de mon dos.

On glissa quelque chose autour de mes poignets et on serra fort avant que je puisse comprendre ce qui m'arrivait. Lorsque mes mains furent assujetties, le poids qui appuyait contre mon dos se relâcha.

Je me tournai brusquement et je vis Godzillette : la bimbo bien en chair que j'avais aperçue, la nuit précédente, traîner les sacs avec Rick Lopez.

Bobby se faisait ligoter par quelque voyou bâti comme une bouche d'incendie – court sur pattes et solide comme un roc – et pourvu d'effrayantes quantités de poils qui s'échappaient du col de son marcel.

Larry et un autre voyou arrivèrent en courant du devant de la maison.

— Les doigts dans le nez, annonça Godzillette.

— Oh ! j'ai loupé le plus intéressant, protesta Larry.

— Une autre fois. T'as toute l'éternité, dit la nana avec une moue ironique, comme si elle, elle n'avait pas toute l'éternité peut-être.

Elle avait, toutefois, la joie de me conduire sans ménagement vers quelques voitures qui attendaient : l'une, la berline du centre commercial, et l'autre, une grosse cylindrée vert mat... pourvue d'un passage de roue quasiment affaissé et d'une longue balafre sur le côté. C'était la dernière chose que je me rappelais avoir vue avant de me réveiller dans mon cercueil. Je m'arrêtai net, et Godzil me rentra dedans, manquant de me faire tomber par terre.

— Cette voiture, dis-je sans me soucier du fait qu'elle tenta de me faire bouger à nouveau. C'est à cause de toi que je suis morte !

Un coup de poing s'abattit juste entre mes pauvres omoplates moulues et me propulsa en avant encore une fois.

— C'était toi ? demanda le voyou qui n'avait pas encore eu le plaisir de nous frapper.

Il ne semblait pas le moins du monde navré, mais cela viendrait. Je me retournai pour mémoriser son visage, ce qui était relativement facile.

Bien qu'il eût une carrure semblable, il avait quinze centimètres de moins que Pluto, comme j'avais décidé d'appeler le mec en forme de bouche d'incendie (dans la mesure où « bouche d'incendie » me fit penser à des chiens qui urinent). « Pas-Pluto » possédait un nez en bec d'aigle et un menton proéminent et remonté qui tentaient de se rejoindre au milieu de la figure. Ce n'était pas une réussite.

Le silence de Bobby semblait presque inhumain, et j'étais sur le point de lui dire haut et fort ma façon de penser lorsque les voyous accompagnés de Larry nous jetèrent sur la banquette arrière de la berline et enclenchèrent la fermeture de sécurité.

Larry et Fauconman, comme j'avais surnommé mon assassin, se contorsionnèrent pour monter dans la grosse cylindrée, qui semblait avoir été un joli bolide avant de m'avoir fait passer de vie à trépas. Une Dodge Charger, pensai-je, fière d'avoir retenu quelque chose parmi toutes ces heures perdues à écouter Chaz et ses copains s'engueuler à propos des voitures, des jeux vidéo et des pronostics de football.

Ma tête atterrit sur les genoux de Bobby, et je me redressai promptement… du mieux que je pus avec mes mains liées.

— C'est qui, cette Mellisande ? lui demandai-je.

— Je suis vraiment navré, dit-il tout bas, comme si Godzillette et sa cohorte ne pouvaient nous entendre de leurs sièges.

— A propos de quoi ?

— Bah… tu vois, toi et moi, on n'était pas ensemble à l'époque.

Ces mecs.

— Attends, Mellisande est la vampire d'après le débat, celle que tu… ?

— Ouais, je crois. Je ne sais pas ce que j'ai fait pour la mettre en pétard. Je ne pense même pas lui avoir donné mon vrai nom.

— La ferme, derrière ! aboya Pluto.

— Pourquoi ? C'est pas comme si on complotait. Vous nous entendez très bien, répliquai-je brusquement.

— Parce que je le demande.

— *C'est ça.*

D'instinct, mes mains cherchèrent à s'avancer pour accompagner d'un geste mes paroles, mais les bidules qui les maintenaient attachées les arrêtèrent net, donnant à mes pauvres épaules moulues un nouvel élancement.

— Ecoutez, dit Godzillette. Rick et Larry vous ont reconnus tous les deux hier. Et vu que toi (elle fit un mouvement soudain dans ma direction), tu es censée être morte et que toi (nouveau mouvement soudain vers Bobby), non – pas qu'on sache, en tout cas –, yeux bleus, là, va devoir s'expliquer. Point. Barre.

Je fusillai nos ravisseurs du regard, et le silence se fit pendant quelque temps, jusqu'à ce que je n'y tienne plus.

— T'as dû faire une sacrée impression, dis-je à Bobby.

Il m'adressa un sourire qui me persuada qu'il y avait chez lui de l'homme, du vrai, au bout du compte.

— Je suppose.

Pluto émit un sifflement de mépris.

— Personne t'a parlé, à toi, lui dis-je.

— Personne ne devrait parler, point barre.

— Complexe de Napoléon, murmurai-je à Bobby.

Puis, plus fort :

— Hé ! tu sais que tu commences à avoir une calvitie qui commence, là, derrière?

Godzillette pouffa, et Pluto se mit à virer vers le bas-côté de la route avant qu'elle lui donne un coup de coude pour le remettre dans le droit chemin.

— Contente-toi de conduire. Je ne crois pas que Mellisande veuille celle-là ; alors, tu pourras sans doute en faire ce que tu veux une fois qu'elle en aura fini, mais elle sera furax si tu prends l'initiative sans qu'elle ait donné son aval.

Cela ne me disait rien qui vaille. Je regardai Bobby pour voir s'il allait l'ouvrir, mais il semblait en pleine introspection, comme s'il cherchait à être une sorte de maître zen… un maître zen avec des fourmis dans le pantalon, vu la manière dont il gigotait. J'ignorais ce que faisaient ses mains, là, derrière son dos, mais…

Bobby se blottit tout à coup contre moi, et je sentis ses mains chercher ma ceinture.

— Hé !

— Chut ! dit-il.

— Qu'est-ce qui se passe, derrière ? demanda Godzillette.

— Je me suis cognée dans Bobby, proposai-je, même si je ne savais toujours pas ce que j'étais en train de dissimuler.

— Ne m'obligez pas à m'arrêter, menaça Pluto.

Quelque chose de froid et dur appuya dans ma main, et je sursautai avant de comprendre que Bobby essayait de me passer quelque chose. Je saisis ce qui semblait être un couteau suisse, et il tira dessus, comme pour faire sortir l'un des petits outils. Puis il se déplaça un peu jusqu'à ce que ses poignets se trouvent sous mes mains. Je suppose que cela voulait dire que j'étais censée lc détacher en sciant.

Il grimaça lorsque je fis aller la lame d'avant en arrière au-dessus de ce qui, je l'espérais, était le dispositif qui maintenait les liens fermés. La chose – le couteau – sautait dans ma main à chaque coup et je m'efforçais de le maintenir malgré l'inconfort de ma position. La voiture roula dans un nid-de-poule, Bobby glapit et le couteau me tomba des mains.

Il laissa retomber violemment sa tête contre la banquette.

— Génial, marmonna-t-il.

Je cherchai à tâtons le couteau et ne réussis qu'à le repousser plus loin dans la fente du siège.

— Désolée, murmurai-je.

Après une seconde seulement, Bobby murmura à son tour :

— De toute façon, j'ai jamais aimé ce couteau. Je pensais le remplacer par un nouveau.

Je souris… faiblement, parce que ça ne méritait pas davantage. Mais j'appréciai quand même qu'il ait tenté de faire une blague, surtout après avoir ruiné notre chance d'évasion.

6

La piaule de Mellisande était une vraie merveille. Que des lignes nettes et modernes, et des fenêtres miroir qui, selon moi, offraient à l'intérieur une protection pour les vampires et faisaient, de l'extérieur, obstacle aux regards indiscrets. Sans compter que l'endroit était… peut-être pas immense, mais gigantissime, au minimum.

Je cherchais toujours à me faire une idée de l'assortiment de corps que nous avions vus jusqu'ici. Larry était forcément un vampire puisque Bobby le savait mort, mais tout, chez lui, sentait le p'tit nouveau. Godzillette avait le pouvoir de nous tabasser, mais elle ne semblait pas être l'une des nôtres. Quant à Pluto, il n'était simplement pas assez beau pour être un vampire. Fauconman… je ne l'avais pas assez vu pour pouvoir affirmer quoi que ce soit. Il n'avait pas l'étoffe d'un top model, ça, c'était sûr, mais peut-être la transformation ne faisait-elle pas des miracles non plus. En tout cas, cette Mellisande, c'était clair, possédait au moins des larbins humains, ce qui se comprenait si la lumière du jour la mettait dans le même état que moi : elle ne pouvait se permettre de rester sans défense et sans protection du lever au coucher du soleil. Avoir des larbins, ça semblait super sympa, presque plus sympa encore qu'un simple entourage.

Je n'eus guère l'occasion de méditer sur le sujet étant donné que Bobby et moi, on nous traînait dans une entrée faiblement éclairée qui donnait néanmoins une impression d'espace (ou en tout cas de hauteur).On nous poussa dans une pièce tendue de lourds rideaux noir et or et pourvue de lampes et d'autres objets du même genre, dans un style qu'on appelle, je crois, « missionnaire » ou quelque chose comme ça.

Toute la charpente était en bois clair. S'y encastraient çà et là des vitraux en forme de rectangles, de triangles et de cercles dans les tons ocre, comme si l'artiste n'avait eu à sa disposition que des compétences scolaires de base et une palette naturelle. Ça parvenait quand même à être sympa, j'imagine, dans le genre riche et discret.

Lorsque nous entrâmes, la dame elle-même se leva de derrière un bureau imposant, interrompant le beau mec qui, penché au-dessus d'elle, était en train de lui parler. J'évaluai mon adversaire pendant qu'elle s'avançait vers nous, en flottant quasiment, telle une diva sortie d'une école de bonnes manières.

Une robe en soie bleu centaurée s'entrecroisait sur sa poitrine, laissant voir un profond décolleté, mais réussissant quand même à faire classe. La portion jupe avait juste ce qu'il fallait d'étoffe pour léviter quand elle glissait, révélant bien trop de jambe.

Je posai les yeux sur ma jupe que le lit avait froissée et que je n'avais pas eu l'occasion de changer, puis sur Bobby, dont le regard n'avait toujours pas quitté les cuisses de Mellisande.

Elle m'adressa un sourire dédaigneux au moment où je reposais les yeux sur elle. Au-dessus du cou, elle était adorable comme une poupée Kewpie : lèvres ourlées, nez mutin, cheveux blond miel ondulés, les yeux exactement de la même couleur que sa robe. Je la détestai au premier coup d'œil.

Maugréant, je me tournai pour étudier le bien plus intrigant beau gosse qu'elle venait de quitter. Contrairement à la plupart des sous-fifres que j'avais vus, celui-ci n'était pas du tout gonflé, enfin, en tout cas pas au point que cela se remarque. La tendance qu'avait Bobby à rougir dut être contagieuse parce qu'en croisant les yeux de l'homme, d'un vert rare – du genre vert de pierre précieuse – je sentis mon visage s'empourprer légèrement.

Et ces cheveux… Ils étaient longs à la « mauvais garçon », noirs comme du jais, retombant un tantinet sur le visage et qui me donnaient envie de les rabattre en arrière. J'avais l'impression que j'étais en train de tomber dans un rêve, avec feu de cheminée, grogs et tapis en peau d'ours…

Je clignai des yeux, émergeant brusquement du petit film bizarre et interdit aux moins de 12 ans qui passait dans ma tête. Il faut dire que les tapis en peau d'ours, c'était très ringard. Sans parler de… Je me figeai : beau gosse venait d'ouvrir un tiroir, sans doute pour ranger le document qu'il tenait, et une intense lueur bleue apparut, baignant son visage de lumière.

Je dus émettre un son, ou peut-être que ce fut l'expression figée de mon visage, mais la chère diva se retourna et assista à la scène. Elle écarquilla les yeux et, l'espace d'un instant, son éclat et son contrôle firent place à quelque chose comme la stupéfaction. Puis ce sentiment disparut.

— Connor ! aboya-t-elle. Apporte-la-moi.

— Mais ça ne devrait pas être...

— Connor !

Le regard qu'il lui lança était assassin, mais il saisit ce qu'il y avait dans le tiroir, la lumière passant entre ses doigts, et s'avança vers nous. J'aurais sans doute dû avoir peur, mais j'avais vu Connor regarder fixement cette lueur et la soulever dans ses mains ; alors, je me dis que la toucher n'allait pas nous réduire en cendres. Et en plus, j'étais bien trop curieuse pour faire attention. A peine quarante-huit heures auparavant, j'ignorais jusqu'à l'existence des vampires et des objets lumineux non identifiés. Je me sentais un peu comme Alice au pays des merveilles… les dents pointues et la soif du sang en plus. Bon, d'accord, peut-être une Alice à la Quentin Tarantino…

La lumineuse pierre précieuse – et je pouvais désormais voir que c'était de cela qu'il s'agissait – se déplaça vers nous, plus captivante encore que les yeux du beau gosse. En réalité, elle brillait de la même couleur que l'improbable bleu layette des yeux de Bobby, et elle s'illumina en s'approchant de lui, comme si la ressemblance entraînait l'attirance.

— Je le savais, dit Mellisande en haletant.

Mais si c'était le cas, pourquoi paraissait-elle si surprise ?

— Essaie sur la fille, ajouta-t-elle en tournant vers moi ses yeux plissés.

Connor tendit la lueur dans ma direction en se plaçant entre Bobby et moi pour faire tampon. La pierre précieuse s'illumina une fois, puis faiblit jusqu'à s'éteindre quasiment. J'étais déçue sans même savoir pourquoi.

— Faible lueur… comme c'est étonnant, dit Mellisande d'un ton méchant. Supprimez la fille.

— Tu ne lui feras pas de mal ! s'écria Bobby sur un ton d'autorité crédible.

La pierre précieuse s'éclaira de nouveau. Bien qu'elle manquât de m'aveugler, elle n'en était pas moins belle, comme le soleil. Avec une bonne monture, elle ferait un objet fabuleux.

Les yeux de Mellisande et de Connor se croisèrent. On pouvait sentir entre eux une connivence. Puis, la dame se passa la langue sur les lèvres de façon aguicheuse. Elle se tourna vers Bobby et leva la main pour interrompre Godzillette au moment même où elle s'apprêtait à me reconduire.

— Elle compte pour toi, cette minable… chose ?

Bobby échappa à son envoûtement suffisamment longtemps pour me regarder.

— Oui.

Mon cœur, que de toute façon je n'utilisais pas, s'attendrit quelque peu.

Mellisande fronça le nez de dégoût.

— Vraiment ? Eh bien, ça, c'est… intéressant. Toi et moi, on a des choses à terminer. Peut-être que je vais la retenir pour m'assurer de ta bonne conduite.

Elle fit un petit mouvement de la main, comme si elle appuyait sur *Redémarrer*, et Godzillette me reconduisit en me saisissant le coude à me faire mal.

L'un des sbires m'escorta, laissant les deux autres avec Bobby et sa mégère vampire.

Si la vapeur pouvait réellement sortir par les oreilles, j'aurais été en train de siffler.

7

Des heures interminables s'écoulèrent, et Bobby ne vint même pas me rendre visite dans mon cachot. Remarquez que ce n'était pas tout à fait un cachot. Je veux dire, on était en Ohio. Et j'entendais un constant murmure de voix, comme une radio dont le volume aurait été trop bas pour comprendre les mots prononcés. Les murs ne pouvaient donc pas être si épais que cela. Mais l'endroit n'en était pas moins sombre et poussiéreux : la partie cloisonnée d'un sous-sol pourvue d'un lit de camp, une porte équipée d'un guichet fermé par des barreaux et des toilettes sans lunette à vous donner de véritables haut-le-cœur. Ça puait comme si un trop grand nombre de personnes étaient restées en suspens au-dessus de la cuvette et avaient manqué leur cible. Personnellement, j'espérais mourir d'une mort véritable avant que les choses, pour moi, ne deviennent aussi urgentes.

Pour me distraire, je ne cessais d'essayer de comprendre ce que cette bonne vieille Melli pouvait bien nous vouloir, à mon petit ami et à moi. Je me demandais de quel genre d'« affaire à terminer » elle pouvait bien parler et s'il y avait des choses que Bobby ne m'avait pas dites au sujet de cette aventure avec sa dame – ou quel que soit le nom qui lui serait donné en patois de vampire – qui suivit le concours de débat. Mais la duplicité ne semblait pas dans le caractère de Bobby. Il avait un côté noble, limite absurde… même si, honnêtement, je ne le connaissais pas tant que cela. Notre relation relevait pratiquement du speed dating.

J'avais déjà tenté de me transformer en chauve-souris ou en brume ou en n'importe quel truc qui m'aiderait à m'évader. Mais, soit les romans étaient complètement à côté de la plaque, soit je ne savais pas m'y prendre. Il était grand temps que je me procure *Le Vampirisme pour les nuls* – la version *Profil de l'œuvre* – ou peut-être que je m'abonne à la revue *Modern Goth*. Avec ma stratégie d'évasion, telle qu'elle était, ruinée, j'en étais réduite à compter les parpaings de ma cellule et à développer des idées extrêmes pour rénover cet endroit minable, lorsque la porte du sous-sol s'ouvrit en grinçant.

— Bobby ! appelai-je en me levant du lit de camp et en me refaisant une beauté sommaire à mesure que je m'approchais vers la porte à barreaux afin de pouvoir mieux voir.

Mais le mec qui était entré au sous-sol n'était autre que Rick « le rat » Lopez, qui était en partie responsable de ma présence dans ce trou.

— Traître, dis-je, trop distinguée pour cracher.

Rick s'appuya contre la porte fermée et me lança une sorte de sourire flippant.

— J'peux pas être un traître. Faudrait déjà que j'aie une cause à défendre.

— Très bien. Rat, minable, crétin… fais ton choix.

Il me dévisagea des pieds à la tête, avec ce regard que les mecs, apparemment, s'imaginent suave.

— Je crois pas que ce soit dans ton intérêt de me parler comme ça, Gina. On n'est plus au lycée. C'est fini Chaz, finie la bande de minettes. Juste toi et moi… Et je suis celui qui a le pouvoir… et la clef. Si tu la joues fine, peut-être qu'on pourra s'aider mutuellement.

Cela ne me plut pas, la lueur dans ses yeux ou la façon dont sa main se malaxait la cuisse en se rapprochant dangereusement de… beurk ! Cela me démangeait de lui demander s'il était désespéré au point d'avoir besoin d'échanger des faveurs, surtout dans la mesure où je ne devais vraiment pas être belle à voir. Il ne semblait cependant pas très judicieux de repousser ma seule source d'informations, et peut-être ma seule échappatoire.

— Il y aurait peut-être possibilité de s'arranger, dis-je pour biaiser en m'approchant furtivement des barreaux et en réprimant mon envie de vomir. Qu'est-ce qu'elle nous veut, à Bobby et à moi, cette sorcière de Melli ?

— Je ne suis pas venu pour parler de Bobby.

Je lui adressai une jolie petite moue à laquelle j'ajoutai un froncement de nez.

— Allez. Tu nous as livrés. Comment est-ce que je peux te faire confiance ? Faut que tu me donnes quelque chose.

Rick se rapprocha, suffisamment pour essayer de plonger les yeux dans ma chemise, mais lorsqu'il glissa une main entre les barreaux, je me reculai en poussant un petit cri.

— Chut ! dit-il.

Cet avertissement n'était pas sans intérêt. Il signifiait que les secours étaient tout près, peut-être même aussi près que ces voix que j'avais entendues plus tôt…

— Tu veux… quelque chose, dis-je en tressaillant à l'idée de ce que c'était. Moi aussi, je veux quelque chose. Des réponses.

Comme Rick plissait les yeux, je respirai profondément pour le distraire de l'idée selon laquelle j'étais peut-être en train de me jouer de lui. Cette opération avait pour effet, d'habitude, de gonfler ma poitrine et d'attirer les regards de tous les hommes du voisinage. Se rappeler comment respirer demandait un peu d'entraînement, mais, ce qui était sûr, c'est que ça donnait des résultats.

— Tu veux des réponses ? Très bien.

Il cracha ces derniers mots, sans même se donner la peine de lever les yeux vers moi pendant qu'il parlait.

— Voilà ce qui me tracasse. Mellisande se constitue une armée de vampires. Même des polars comme Bobby et Larry ont une place dans son nouvel ordre mondial, mais pense-t-elle à nous, les « humains de base », comme elle nous appelle ? Oh non… on est trop utiles. Elle nous aime exactement tels quels. Eh ben, mon cul, oui. Je vais la jouer perso. Donc voilà ce qui va se passer : tu me mords, je te libère. On y gagne tous les deux. Si Larry n'avait pas été là la nuit d'avant, on n'aurait jamais eu à en passer par là. Je t'aurais gardée pour moi et je t'aurais traquée plus tard. C'est à lui que tu devrais en vouloir.

Je songeai à cela. C'était alléchant… en théorie. Une seule morsure et je pouvais filer d'ici ; en supposant que

Rick puisse réellement me faire sortir de la maison et pas seulement de cette foutue cellule. Cela dit, je le sentais… mal. Qu'est-ce que j'allais faire une fois dehors ? Soit vivre dans l'ombre pour l'éternité, soit décider de ne pas me cacher ? A supposer que je puisse éviter les foules vertueuses convaincues que je suis l'incarnation du mal, je pourrais peut-être tirer quinze minutes de célébrité de ma résurrection. Mais si la célébrité se montrait capricieuse ? Si les caméras ne m'aimaient pas… voire si elles ne captaient pas mon image ? Qu'est-ce je ferais alors ? Je retournerais des steaks ? Je bosserais dans la vente ? Bon, ça ne serait pas si terrible que ça côté « réduction employé », mais après, il restait le service client. Sans compter que s'évader, cela voulait dire laisser Bobby. S'enfuir avec – étouffez-moi avec une tige de céleri – Rick. Peut-être que je devrais rester dans le coin suffisamment longtemps pour voir si je ne pourrais pas me faire une place dans le « nouvel ordre mondial » de Melli. Exactement comme, genre, un tremplin qui me permettrait de lancer mon propre empire. Mais avant, il faudrait que je sorte de cette cellule. Peut-être qu'en m'évadant par mes propres moyens, ça montrerait à Mellisande de quel bois je me chauffais.

— J'en sais rien, dis-je. Je ferais peut-être mieux de voir d'abord ce que l'autre partie me propose.

Son regard mauvais se fit quelque peu sauvage.

— Rien de bon. Mellisande a quelques projets pour ton nouveau Casanova, mais pour toi ? Tu es un peu comme une pièce rapportée. Et avec Mellisande, si tu ne fais pas partie des siens, t'es personne. Elle garde ses gens avec une poigne de fer.

— Comme toi ?

Il montra les dents.

— Très bien. Puisque tu veux pas venir de ton plein gré…

Il bondit vers la porte de la cellule, la clef sortie comme s'il s'apprêtait à me poignarder, mais qu'au lieu de cela, elle était retombée par hasard dans le trou de la serrure. La porte s'ouvrit d'un coup et je faillis exulter. Oh ! je me reculai d'un bond pour l'éviter, comme une fillette effrayée, mais juste assez loin pour donner une véritable impulsion à ma botte pointue. J'avais fait plier Rick au niveau de ses bijoux de famille avant qu'il comprenne ce qui lui arrivait.

— J't'ai eu ! me moquai-je en me baissant pour ramasser la clef.

Seulement, il lui restait encore assez de présence d'esprit pour me saisir le poignet – avec une rapidité fulgurante –, le tordre et me forcer à poser un genou par terre devant lui. Cette position ne me plaisait pas du tout et, avant que les états d'âme se fassent sentir, je lui administrai un coup de boule en plein centre. Cette fois, il mordit vraiment la poussière, hurlant et jurant. Mais, comme sa diction était à chier, je n'aurais pas su dire dans quel enfer il comptait me retrouver.

Je pris la clef et enjambai son corps contorsionné pour m'évader, fermant la porte de la cellule derrière moi avec Rick le rat à l'intérieur.

Je me trouvai dans un couloir en parpaing, comme si Melli avait terminé son sous-sol au rabais. Il y avait de l'écho, si bien que le murmure des voix se répercutait. Ces voix, pourtant, semblaient venir de doubles portes situées sur ma droite. Je me dirigeai vers elles et j'entrai brusquement… en plein dans la quatrième dimension.

Lorsque je vis ce qu'il y avait à l'intérieur, mon corps fut plus mort que vif... enfin, immobile, en tout cas. Près des portes, plusieurs personnes étrangement familières se retournèrent, surprises par mon entrée soudaine... et c'est alors que je fus prise à bras-le-corps, comme si le passé revenait subitement au galop.

— Gina ! cria une voix dans mon oreille.

— Marcy !

Je l'étreignis à mon tour, du mieux que je pus. Il n'est pas exclu que cette étreinte fût accompagnée de petits cris.

— Oh ! Gina, Dieu merci. Je croyais que j'étais toute seule là-dedans.

Je promenai mes yeux sur tous les gens : toutes ces têtes très familières, tous ces corps très morts *vivants* qui, je le supposais, avaient disparu de cimetières très semblables à celui d'où j'avais ressuscité. J'aperçus aussitôt Cassandra Stiles, qui était morte dans un bizarre incident de jacuzzi quelques semaines plus tôt, et un troisième ou un second dont j'avais oublié le nom et qui serait mort des suites d'une overdose. Comme Marcy était encore vivante la dernière fois, elle avait dû mourir comme moi au cours du bal de fin d'année. J'avais vraiment une impression de déjà-vu. Lycée, deuxième partie. Rick avait évoqué l'armée de vampires de Melli, mais combien, exactement, le dragon en avait-elle tué ? Je n'arrivais pas à saisir. Tous ces jeunes...

— Becca est toujours de l'autre côté, poursuivit Marcy, ajoutant à ma confusion.

— De l'autre côté de quoi ?

Je m'éloignai de son étreinte, juste assez pour examiner les yeux d'ambre de mon amie. Je n'aurais jamais cru que je les reverrais un jour. Tout à coup, je percutai.

— Oh ! tu veux dire qu'elle n'a pas ressuscité ? demandai-je, horrifiée.

— Elle n'est jamais tombée, murmura Marcy, comme s'il s'agissait de l'ultime faux pas. Elle a toujours des exams et tout, la pauvre. Mais, Gina, mon chou, à propos de « pauvres », qu'est-ce qu'ils t'ont fait, à toi ?

Je me souvins de mes fringues froissées, de l'absence continuelle de douche ou de coups de brosse. Ce qui prouvait, encore une fois, que mon monde partait en vrille.

Nous nous écriâmes toutes les deux :

— Relooking !

8

C'était un truc de fou. Je n'avais jamais mis les pieds en prison, mais le monde étrange dans lequel j'étais entré en poussant ces doubles portes ressemblait à l'un de ces centres de détention Club Med où étaient retenues toutes les starlettes cleptomanes du monde. On aurait dit un internat. Filles et garçons vivant ensemble, produits et accessoires inclus. Cela suffit à me donner les larmes aux yeux. Seulement, quand je les essuyai, elles étaient plus plasmatiques que salées, et je trouvai ça vraiment dégueu.

J'avais envie de poser un tas de questions : depuis « qui ? » en passant par « comment ? » jusqu'à « quand ? » On aurait dit qu'un échantillon du lycée Mozulla High avait été expédié dans le sous-sol de Mellisande. Pourquoi, bon sang ? Pourquoi des jeunes ? Pourquoi *nous* ?

Mais je n'eus pas l'occasion de poser la moindre question dans la mesure où Marcy trouva rapidement un lavabo et me plongea la tête dedans en frottant mes cheveux à les arracher. Je me laissai faire. C'était comme la lumière au bout du tunnel : je comprenais que je pouvais avoir ma vie et en changer le cours aussi. Peut-être que je ne serais pas obligée de m'incruster à la cérémonie de remise des diplômes pour être de nouveau dans le coup, même si je n'abandonnais pas cette idée. J'avais encore des amis. Je n'étais pas complètement marginale, coupée de tout ce que j'aimais.

Tout semblait aller pour le mieux dans le meilleur des mondes... jusqu'à ce que Marcy sorte brusquement ma tête toute mouillée et que je me retrouve nez à nez avec ma pire ennemie, et ce, depuis que je suis petite. Et, derrière elle, affichant un méchant rictus et la main posée sur la taille de la fille, se trouvait mon ex, Chaz. Mon cœur, qui ne battait pas, tomba tout droit dans mes chaussettes. Il venait de comprendre que la vie éternelle s'accompagnerait d'un inconvénient. Ou de deux, dans ce cas précis.

Toutes les filles ont leur petite idée sur la manière dont elles aimeraient se confronter à leur ex-petit copain, et être trempée jusqu'aux os n'en fait jamais partie. En général, il faut songer à un relooking « niveau *Miss Détective* », et je n'en étais qu'à la première étape. Mais après tout, étant donné que notre rupture sortait de l'ordinaire, vu qu'elle impliquait une séparation par la mort, je suppose que nos retrouvailles ne pouvaient pas mieux coller.

Marcy se figea lorsqu'elle les aperçut, mais je balançai mes cheveux plusieurs fois encore, arrosant tout le monde au passage... même mon amie qui m'entretenait des priorités et des choses essentielles à savoir.

— Regarde, mon chéri, dit Tina en raillant, c'est la nuit des dort vivants.

Je m'empressai de railler à mon tour.

— Hé ! si t'avais trouvé ça toute seule, j'aurais dit « chapeau », mais quelque chose me dit que tu te fais toujours aider.

Je jetai un coup d'œil à Chaz, puis je reposai les yeux sur ma véritable bête noire : Tina Carstairs, la blonde platine qui se la pète, avec ses fringues de marque mortelles et les sentiments chaleureux que suscitent chez elle les petits copains des autres nanas. Cela faisait, genre, depuis toujours qu'elle se jetait sur Chaz, et – la veinarde – il avait fini par la rattraper.

A ce propos, ma présence n'avait pas l'air de faire trop plaisir à mon ex-joli cœur.

— J'ai entendu dire que t'avais troqué, poursuivit Tina sans s'apercevoir qu'elle avait affaire à plus forte qu'elle. Je savais que t'avais aucun goût, mais de là à partir à la chasse aux membres du club d'échecs…

J'affichai un sourire diabolique parce que, *sans déconner*.

— Toi, t'as pas vu Bobby dernièrement, si ?

Il ne se résumait pas qu'à son look flambant neuf, mais il fallait que j'en parle en des termes que Tina comprenne. En plus, si elle savait que j'étais vraiment intéressée, il serait sans doute le suivant sur sa liste de tâches.

Quelle que soit la réponse qu'elle allait donner, elle mourut sur ses lèvres : les doubles portes venaient soudain de s'ouvrir.

Quelque chose me disait qu'on avait retrouvé Rick.

9

Marcy se recula d'un bond en poussant un petit cri perçant, obligeant Tina à se déplacer et à se retrouver dans mon espace vital. Je n'eus même pas le temps d'apprécier son indignation, car deux malabars m'empoignèrent les bras avec la force d'un étau. Ben voyons, parce qu'un seul malabar n'aurait pas été suffisant sans doute ! D'après leur force et leur perfection, je voyais bien qu'au moins Melli la malodorante faisait preuve de suffisamment de respect pour m'envoyer de véritables vampires. Truc Un avait pour lui tout le côté mannequin polynésien, et Truc Deux ressemblait au jeune prof un peu ébouriffé sur lequel fantasment les filles, jusqu'à sa chemise Oxford boutonnée et son Dockers moulant. Quitte à être malmenée, au moins c'était avec style.

Mon premier réflexe fut de m'enfuir comme le chat mouillé auquel je ressemblais, mais cela allait à l'encontre de mon nouveau plan qui consistait à essayer de me faire une place. Je me contentai donc de ramener mes cheveux en arrière d'un mouvement brusque, fouettant le torse du vilain professeur et laissant une énorme tache humide sur son élégante chemise blanche.

— Je suis prête, annonçai-je.

Truc Un et Truc Deux échangèrent un regard incrédule et serrèrent plus fortement, comme si ma passivité même prouvait que je mijotais quelque chose. Cependant, c'était l'expression du visage de Marcy qui m'inquiétait. Ses yeux étaient devenus gros comme des soucoupes. Bien loin de me défendre, elle me regardait comme si j'étais susceptible d'être armée et dangereuse ou affectée par une maladie de peau contagieuse. C'était blessant. Je me demandais quels arrangements les autres avaient passés pour qu'elle réagisse aussi mal au fait que je cause des ennuis. Je me promis de le demander… à supposer qu'on me laisse revenir un jour.

— Il y a erreur, lui dis-je. Je vais revenir !

Les sbires de Melli n'en semblaient pas vraiment convaincus en me traînant avec eux dans le couloir et les escaliers. Ils ignoraient totalement ce que marcher en jupe et en talons impliquait.

— Moins vite, commandai-je. Si je me casse une jambe, vous allez être obligés de me porter.

Cette remarque ne leur fit ni chaud ni froid.

Pour la seconde fois, cette nuit-là, j'étais coincée dans le bureau de Melli. Truc Un me fit tomber en m'appuyant derrière les genoux. Il n'était absolument pas utile de me mettre à terre puisque j'obtempérais totalement… sauf s'il s'agissait d'un truc de pouvoir. Et obtempérer n'allait pas être tout à fait aussi simple que je l'avais pensé, parce que désormais j'étais furieuse. Et s'il y avait bien une chose que je détestais – en dehors du skaï et des gens qui se la pètent comme Tina Carstairs –, c'était de me mordre la langue.

Agenouillé à seulement quelques mètres de moi se trouvait Rick. On aurait dit qu'il n'était pas dans les mêmes dispositions face à toute cette affaire. Il semblait même sur le point de pisser dans son froc.

J'étais prête à parier qu'il dirait tout ce qui lui permettrait de sauver sa peau. Je me demandais à quoi cela allait ressembler et si on était sur le point d'avoir une mauvaise séance de « il a dit/elle a dit », car je n'étais pas exactement l'enfant sacré de Melli.

Bobby était toujours là, les serres impeccablement manucurées de Melli l'empêchant de venir vers moi. De l'autre côté de cette dernière se tenait Connor qui semblait ravi de la tournure que prenaient les événements.

Je plissai les yeux.

— Retire tes sales pattes de mon p'tit copain, dis-je à la sorcière.

Ma langue allait m'attirer des ennuis. Ça ne devait quand même pas être si dur que ça d'y aller mollo, si ?

Mais Mellisande ne releva pas, tout comme ses sbires précédemment.

— Tu as déjà causé pas mal d'ennuis, commença-t-elle en caressant le bras de Bobby à présent, au lieu de simplement l'empoigner.

Il tressaillit, curieusement, mais n'eut aucun mouvement de recul. Je le fusillai du regard. Puisque c'était comme ça, peut-être que j'aurais dû m'enfuir avec Rick. Rien que d'y penser, je grimaçai.

— Rêve pas trop. Malgré toute l'affection qu'il a pour toi (elle pressa une dernière fois le bras de Bobby, et je me demandai pourquoi il se laissait traiter comme un morceau de viande), je n'hésiterai pas à te tuer si tu fais encore des tiennes. Mais avant (elle se tourna vers Rick), je veux savoir pourquoi toi, tu te trouvais là où tu n'étais pas censé être.

Rick roula les yeux comme s'il cherchait de l'aide.

— Je jetais juste un œil… un œil… à une ancienne camarade de classe. C'est tout. Et elle m'a sauté dessus.

Le regard fuyant, d'après moi, sentait le « louche » à plein nez, mais, bien entendu, j'avais été présente.

— Rick, regarde-moi dans les yeux.

Visiblement, Melli était du même avis. Elle ne plaisantait pas du tout, et Rick dirigea son regard vers elle en un clin d'œil.

— *Dis-moi*, poursuivit-elle avec une emphase étrange.

J'eus froid dans le dos. Peut-être que mes cheveux ruisselants faisaient frissonner ma peau ? Mais j'avais du mal à y croire.

— Je lui ai proposé un marché, dit-il sur un effrayant ton monocorde. Sa liberté contre ma transformation. Elle a refusé.

Tous les regards se tournèrent de mon côté. Je sentis même, derrière moi, les sbires me regarder avec incrédulité.

— Quoi ? demandai-je. Comme si j'allais vraiment le mordre, lui ! C'est ça.

Je réfléchis vite. Il n'était pas question que j'implique Bobby là-dedans après qu'il eut laissé la sorcière le caresser.

— En plus, je suis intéressée par la manière dont vous organisez les choses ici. Ça a certains avantages.

J'adressai un clin d'œil à Connor, histoire de rendre la pareille à Bobby. Mellisande m'observa comme on observe un insecte aux couleurs chatoyantes : joli, mais bien mieux épinglé sur une planche et sous verre.

— Donc, tu penses que j'ai mieux à te proposer ?

Je croisai les bras.

— Je ne crois pas que la barre soit trop haute.

— Laisse-moi… euh… lui parler, dit Bobby en serrant les dents.

Je me demandai si Melli l'avait en quelque sorte figé et si c'était pour ça qu'il la laissait s'amuser. Je regrettai aussitôt d'avoir lancé ce clin d'œil à Connor, et mon sang se mit à bouillir.

Melli afficha un sourire, et pas un sourire sympathique. Ses regards passaient de Bobby à moi. Elle arborait ses perles blanches comme si elle était une sorte de pub pour le dentifrice au slogan percutant.

— Je vous laisse cinq minutes. En échange, j'attends une entière coopération. Je peux l'obtenir par la force, comme Bobby vient de le découvrir, mais ce sera beaucoup plus simple pour tout le monde si je n'ai pas à le faire. Si je me lasse, je m'en prendrai simplement à toi, dit-elle en me transperçant du regard, ce qui aurait pu m'intimider si j'avais eu six ans, ou si elle avait eu les yeux rouges – mais ils conservèrent ce bleu centaurée qu'il n'était pas facile de prendre au sérieux.

Je me contentai donc de la regarder fixement. D'un claquement de doigts, elle ordonna à Connor de l'accompagner tandis qu'elle se dirigeait vers la porte de son bureau. Je vis le ressentiment enflammer son visage.

— Amenez le garçon, dit-elle par-dessus son épaule.

Les gardes de Rick le saisirent, chacun par un bras, et, tandis qu'il se débattait et criait, le traînèrent jusqu'à la porte.

— Qu'est-ce qui va lui arriver ? demanda soudain Bobby, sorti de sa paralysie et manquant de tomber en avant sous le coup de cette libération inattendue.

— Ça ne te regarde pas, répondit-elle.

Etant donné la menace qui planait, ce n'étaient pas les retrouvailles que j'avais imaginées, mais cela ne m'empêcha pas de me précipiter dans les bras de Bobby. Il me serra tellement fort qu'heureusement que je n'avais pas besoin de respirer. Après un instant, cela dit, il se recula.

— C'était quoi, ce clin d'œil ?

Je tiquai.

— J'essayais juste de te rendre la monnaie de ta pièce parce que tu te laissais caresser par le dragon.

Il se recula plus encore afin de voir mon visage.

— Tu étais jalouse !

Je rougis.

— On a cinq minutes et c'est de ça que tu veux qu'on parle ? demandai-je.

Il affichait un sourire de mec content de lui.

— Bah… ouais. De ça et puis du fait que, si tu veux ta liberté ici, il va falloir que tu te montres gentille.

— Je me suis justement montrée gentille, là.

— Oh !… Hmm, alors je dois dire que tu as encore énormément de boulot.

— Merci.

— Enfin, ce que je veux dire…

— Du calme. Je sais. En attendant, est-ce que toi, tu sais que ta mère maquerelle cache au sous-sol une flopée de nos camarades fraîchement décédés ?

— Oui, elle a dit quelque chose dans le genre... entre deux conneries sur des bimbos tapant l'incruste dans des soirées et sur le fait que les prophéties devraient s'accompagner de date et heure. Elle a appelé ça un « stage d'accueil », mais ça me faisait plutôt penser à du délire.

— Est-ce qu'elle a dit pourquoi elle ramassait des jeunes ?

— Que je réfléchisse. Blablabla... invité d'honneur... blablabla... exploiter mes talents... Non, je crois pas.

Je suis sûre que mes yeux lancèrent des éclairs.

— C'est comme ça que tu entends les femmes : *blablabla* ?

Je voyais réellement le blanc tout autour de ses yeux.

— Non, non, uniquement elle. Toi, je t'écoute.

— C'est ça !

— Sérieux. Tu te rappelles en seconde, quand Tania, toi et cette autre fille, vous avez chanté « Mords-moi » de Su Surrus pour le spectacle du deuxième semestre ?

— Celle où Tany a oublié la moitié des mouvements ?

Il acquiesça d'un mouvement de tête.

— J'ai acheté la cassette vidéo. Je l'ai regardée, je l'ai écoutée, probablement toutes les semaines pendant un an.

C'était trop mignon... dans le genre gars désespéré.

— Et puis, je ne me suis pas gouré pour les fringues que je t'ai achetées, pas vrai ? ajouta-t-il.

Je me radoucis. Honnêtement, il fallait bien que je lui fasse une faveur.

— O.K., peut-être, mais si je découvre que tu me dissimules des trucs...

— J'irai en enfer, c'est ça ?

— Tout à fait.

Je laissai ces derniers mots faire leur petit effet avant de demander :

— Donc, pourquoi Melli-nome te traite comme un roi ? C'est en rapport avec la pierre qui brille ? demandai-je.

— Peut-être. Avec ça et avec la prophétie.

— Tu veux dire, celle qui devrait être horodatée ? Elle te concerne ?

— Hem, ouais, je crois. J'en ai pas parlé ?

— *Non*, je m'en serais souvenue.

Un coup sur la porte me fit sursauter, et je crus qu'il s'agissait d'un avertissement pour nous dire que le temps était écoulé.

— Je sais que ce n'est pas facile, poursuivit-il, mais peut-être qu'on devrait tenter le coup.

— Et Rick ? demandai-je.

Je n'aimais pas ce mec, mais songer à ce que Mellisande pourrait lui faire ne me plaisait pas non plus. Je me rappelai Rick disant : « Si tu ne fais pas partie des siens, t'es personne. »

Bobby haussa les épaules.

— Il s'est mis dans le pétrin. Je suppose qu'il pourra s'en tirer. De toute façon, je ne vois pas ce qu'on peut faire pour l'instant à part observer et apprendre. Peut-être qu'on arrivera à saisir comment utiliser nos pouvoirs pour de bon.

C'était du Bobby tout craché, ça. Et c'était à ça que j'avais pensé aussi… en tout cas, plus ou moins. Mais, malgré ma résolution, je ne savais pas trop combien de temps je serais en mesure de tenir ma langue ou de reporter le moment de régler avec Fauconman la petite question de ma mort.

La porte du bureau s'ouvrit brusquement, et les deux malabars apparurent. Derrière eux se trouvait Connor qui semblait être le bras droit de Melli.

— C'est fini, annonça-t-il. Bobby est attendu à l'entraînement.

— Et moi ? demandai-je en posant automatiquement ma main sur ma hanche.

— Quoi, toi ? demanda-t-il à son tour.

Je n'avais pas l'habitude qu'on m'ignore, et c'était un sentiment vraiment nul. Au lycée, la moitié des filles avaient voulu me ressembler, et les mecs avaient surtout voulu mon numéro de portable. Je balançai mes cheveux ; mais, presque secs, ils n'étaient plus l'arme qu'ils avaient été.

— J'étais occupée de toute façon.

— Prenez-la, ordonna Connor.

Mais, avant qu'ils puissent s'exécuter, je me haussai sur la pointe des pieds pour donner un baiser à Bobby. Sa langue se glissa furtivement entre mes lèvres, m'envahissant de frissons, et puis on me décolla.

Truc Un et Truc Deux me ramenèrent avec la plèbe et me poussèrent à l'intérieur.

— Surveillez-la, commanda Truc Un à toute la salle. Equipe Alpha, vous venez avec nous.

La moitié de la salle s'écarta, affluant autour de moi, mais pas trop près, comme si je pouvais être contagieuse. Bizarrement, ils se dirigèrent non pas vers la porte, mais vers le mur du fond. Les autres s'écartèrent sur les côtés, comme si quelqu'un avait fait tomber du savon dans une casserole graisseuse. J'observai, incrédule, Trucs Un et Deux, par terre, rapper sur une petite comptine. Et le panneau, sous leur main, s'ouvrit.

On se serait cru dans *Tomb Raider* ou dans *Indiana Jones*. A aucun moment je ne m'étais douté qu'il y avait une trappe dans cet endroit. C'était vraiment trop cool.

Je me promis de prêter l'oreille à la comptine la prochaine fois, au cas où les murs se mettraient à se rapprocher autour de moi et qu'il me faudrait m'enfuir promptement.

Un par un, l'« équipe Alpha » disparut dans le trou (Tina et Chaz, heureusement, étaient du nombre), et je me retrouvai avec une salle pleine de jeunes qui me traitaient comme si je sentais la transpiration, ou que j'avais la peste ou, genre, une haleine à tuer les mouches à quinze pas… Marcy était parmi eux. Ça, c'était le coup de grâce.

Il n'y avait personne que je puisse interroger sur toute cette affaire d'« équipe Alpha ». Si ça se trouve, on leur donnait à manger. Peut-être qu'il s'agissait d'une sorte d'entraînement comme celui que suivait Bobby.

Quoi qu'il en soit, l'annonce de Truc Un avait fait en sorte que je sois une paria. J'avais trouvé un fragment de mon ancienne vie, puis je l'avais perdu, le tout en une seule nuit.

10

La nuit suivante, une heure après le crépuscule, j'étais prête à tourner chèvre. Tout le monde évitait de me regarder sauf quand on pensait que j'avais le dos tourné. Je reconnus environ dix terminales en tout, y compris un autre des potes de Chaz (un pilier ou un fou à lier ou je ne sais quoi de l'équipe des Lémuriens de Mozulla), Pam Raines et Vanessa Barrett (qui furent sûrement emportées ensemble parce que je ne les avais jamais vues séparées), Cassandra « la pom-pom girl » Stiles (remise de l'incident du jacuzzi) et Trevor Larraby (un mec qui se préparait à entrer aux ROTC, un corps d'entraînement des officiers de réserve, comme en témoignaient ses chaussures cirées à la salive et son allure militaire). Il y avait probablement deux fois plus de troisièmes et de secondes.

Personne ne semblait enclin à bavarder lorsque je partis à la recherche d'un magazine – comme *Cosmo* ou *People* – qui ne soit pas vieux de six mois. Non seulement j'avais déjà parcouru entièrement tous ces numéros, mais même si j'avais voulu les reprendre et les lire vraiment, toutes les photos des canons – hommes et femmes – avaient été arrachées pour que les gens puissent décorer l'espace où se trouvaient leurs lits de camp. Il ne restait pas un seul article intact.

Comme je n'avais été assignée à aucune de leurs stupides équipes, je ne pouvais pas sortir pour faire du sport ou simplement prendre l'air, ce qui aurait été sympa avec tous ces mecs réunis en un même endroit qui essayaient d'impressionner toutes ces nanas… Eh bien, on pouvait pratiquement sentir la testostérone dans l'air. Les toilettes n'étaient utilisées pour leur véritable fonction que la moitié du temps à peu près. Et elles ne fermaient pas. J'avais déjà été marquée à vie lorsque j'étais tombée sur un couple de seconde qui se roulait des pelles torse nu. Tous les détergents cérébraux du monde n'auraient pas suffi à effacer cette image.

Quel que soit le plan que mijotait Melli, ce devait être du lourd pour qu'elle donne le vivre et le couvert à autant de jeunes ; à une armée de vampires, comme avait dit Rick. Si je ne voulais pas être dans les choux, il fallait que je recueille des infos. Le côté super espionne que renfermait cette idée me plaisait énormément, je dois le dire. Je me voyais tout à fait endosser le costume glamour de la James Bond Girl. Je me demandais si le boulot d'espionne s'accompagnait d'une indemnité vestimentaire.

La première étape en matière de récolte d'infos devait consister à faire parler quelqu'un. Marcy m'évitait comme si j'avais la grippe, mais j'aperçus, cachée dans un coin, une fille qui lisait sur son lit, totalement indifférente à tout ce qui se passait autour d'elle. A aucun moment, elle ne me vit arriver. Je traversai la salle telle une lionne après sa proie. La fille ne leva pas les yeux, même lorsque mon ombre tomba sur son livre.

Je tendis le bras et le lui enlevai des mains ; sur quoi elle poussa un petit cri perçant.

— Salut ! dis-je de façon désarmante.

Elle écarquilla les yeux en me voyant.

— Salut, répondit-elle avec une hésitation telle, que je me mis à rire.

— Hé ! je ne mords pas… enfin, si. Mais d'un autre côté, toi aussi.

Elle esquissa ce qui ressemblait peut-être à un sourire. Elle avait les cheveux blonds, fins comme ceux d'un bébé et retenus par deux barrettes avec canards dessus, une rose et une violette. J'essayai de ne pas me focaliser dessus.

— Est-ce que je peux ravoir mon bouquin ? demanda-t-elle.

— Dans deux secondes, dis-je. Mais j'ai quelques questions avant.

— Euh… d'accord.

Je m'affalai sur le bord de son lit.

— Pourquoi est-ce que tout le monde a peur de moi ?

Elle me regarda d'un air troublé.

— C'est le cas ?

Elle jeta un œil autour d'elle, et six ou sept jeunes se mirent subitement à s'intéresser de près aux carreaux du plafond.

— Il faut dire que t'as provoqué un peu d'agitation, reconnut-elle.

— Et ?

— Et…

Elle regarda son livre avec nostalgie, comme si elle pouvait trouver à l'intérieur les mots qu'elle cherchait.

— Bah, pour certains d'entre nous, se faire vampiriser, c'était la meilleure chose qui pouvait nous arriver. Je veux dire, bien sûr, la partie morsure, c'était un peu choquant, tout comme se réveiller mort… mais à part ça.

Je lui adressai le même regard d'horreur qu'auraient pu m'inspirer des jabots ou des shorts en lycra.

— D'accord. Si je comprends bien, Melli dépêche ses larbins pour qu'ils aillent molester et assassiner, et vous lui êtes tous reconnaissants ?

Le rat de bibliothèque aux cheveux blonds me regarda avec pitié.

— A t'écouter, ça paraît tellement… affreux. C'est pas comme si on était morts morts. De toute façon, tu ne fais pas partie des siens, alors, tu peux pas comprendre. Elle nous a *choisi*s.

— Chacun d'entre vous… personnellement ?

— On est tous des descendants directs. Ses enfants, dans un sens. Il y en a certains, parmi nous, qu'elle a sauvés de situations merdiques chez eux ou d'un manque de perspectives après le bac.

— Et toi ?

Elle détourna les yeux et, l'espace d'une minute, je crus qu'elle ne répondrait pas.

— T'imagines pas (je commençais à être un peu agacée par les affronts qu'elle faisait à mon imagination) ce que c'est que de faire chaque jour de sa vie des efforts innombrables pour respirer et de se réveiller tout à coup en s'apercevant que le problème a disparu.

— Donc tu es… ?

— Asthmatique. Sévère. Allées et venues dans les hôpitaux depuis toute petite, deux inhalateurs différents à trimballer tout le temps. Un nébulisateur pour les urgences. L'EpiPen. La totale. Maintenant, je suis guérie.

— Maintenant, tu es en prison, dis-je en regardant autour de moi. Cet endroit… on dirait une caserne.

— Je préfère le voir comme un internat, répondit-elle.

D'après son ton glacial, je ne crois pas que j'étais en train de me faire une nouvelle amie.

— D'ailleurs, c'est provisoire. Pour l'instant, elle n'a pas d'autres endroits à nous donner et elle ne peut pas se permettre de nous laisser courir partout et provoquer une hystérie collective, si ?

Ça se tenait à peu près, j'imagine. Et peut-être que si Melli maintenait Rick à l'état d'humain et au lycée, c'était pour repérer des jeunes vulnérables, ceux qui étaient facilement éjectés du troupeau ou qui avaient des raisons d'être reconnaissants à la personne qui les transformerait.

— Est-ce que je peux ravoir mon bouquin maintenant ? demanda-t-elle.

Puis elle ajouta : « *S'il te plaît* » comme si elle venait tout juste de se rappeler le mot magique.

Je ne trouvais pas d'autres questions à poser pour le moment. Après toutes ses réponses, j'avais encore la tête qui tournait.

— Bien sûr, répondis-je en jetant un œil au livre avant de le lui rendre.

Les Dents de l'amour de Christopher Moore. Un roman de vampires. Trop drôle.

Son sourire était sincère, cette fois, lorsqu'elle prit le livre et qu'elle s'appuya contre le mur pour lire. J'avais déjà cessé d'exister pour elle.

Donc, Melli la malodorante inspirait la loyauté. Cette loyauté s'expliquait sans doute par autant de raisons qu'il y avait de jeunes, mais je n'arrivais pas à voir la dame comme une sorte de Lady Liberty, réclamant nos plus démunis, nos masses recroquevillées et avides de respirer librement… même si c'était exactement ce que cette fille était en train de faire désormais.

Il fallait que j'en apprenne davantage et pas seulement de la bouche de quelqu'un qui voyait toute cette histoire comme un conte de fées. Je me méfiais de Melli comme de la peste, surtout avec ma nouvelle force de vampire.

Et, donc, j'attendis le moment où je pourrais m'éclipser de ma cage. Je songeai à le faire pendant le changement d'équipes – quand l'une serait de retour et que l'autre serait appelée –, mais il y aurait, semblait-il, trop de gens à traîner. Quelqu'un s'en apercevrait forcément. Je pouvais mettre au point une sorte de distraction pour sortir, comme fourrer une épingle à cheveux dans une prise de courant et faire court-circuiter des choses ; mais, avec la nouvelle « vampovision » super top de tout un chacun, je n'étais pas persuadée que ça jouerait en ma faveur. Sans compter que je ne voyais pas en quoi ça pourrait m'aider à revenir ni vu ni connu une fois mes fouilles terminées. A moins que ça déclenche, je ne sais comment, une véritable pagaille. Cependant, si cela se produisait, les sbires de Melli risquaient de venir en courant et de faire une petite enquête, et je l'aurais dans le baba. Il fallait que je la joue discrète, pendant que tout le monde serait distrait… comme Chaz et Tina s'exhibant de façon vraiment gênante au beau milieu du dortoir, sans même se soucier des toilettes et des portes fermées.

— Allez faire ça ailleurs ! lança quelqu'un.

Quelqu'un d'autre siffla.

Tina et Chaz ne semblaient pas le remarquer. Et personne ne sembla s'apercevoir non plus que j'avais retiré mes bottes afin de pouvoir me glisser sans faire de bruit dans le couloir. Couloir dans lequel il n'y avait aucun garde, le seul bruit provenant de la salle que je venais de quitter où j'entendais désormais un mec parler base-ball.

Je me dirigeai furtivement vers l'escalier qui montait au rez-de-chaussée, sentant le froid du béton à travers mes bas, et je tendis l'oreille à nouveau. Rien. Soit la voie était libre, soit les gardes de Melli la malodorante étaient vraiment silencieux. Car, enfin, elle avait forcément des gardes, pas vrai ? Ses sbires ne pouvaient quand même pas lui servir qu'à kidnapper des gens et à dévaliser des magasins de sport, si ?

J'avançai la tête hors de la cage d'escalier et jetai un œil. Toujours rien. Bon, le risque, ça me connaissait un peu. C'était ce qui caractérisait la haute couture. Ça et l'originalité. Enfin, ça, l'originalité *et* l'attitude pour réussir. L'attitude, c'était mon rayon. Je m'avançai dans le couloir d'un pas décidé comme si j'avais des raisons de me trouver là, me disant que, si j'étais surprise, ça me laisserait, question improvisation, plus de marge de manœuvre que si je donnais l'impression de me faufiler furtivement. Peut-être que j'étais simplement en train de chercher une paire de chaussures plus élégantes…

Il n'y avait personne, en tout cas, pour s'en soucier.

Je me dirigeai vers le bureau de Melli en attendant que quelqu'un s'y arrête, mais le changement des équipes Alpha et Bêta venait juste de se faire et, évidemment, chacun se trouvait déjà à la place qu'il était censé occuper. Sauf moi. J'appuyai l'oreille contre la porte du bureau de Melli.

— … ce que tu fous ici ? fit la voix de Mellisande.

Bon, peut-être pas *que* moi.

— Tu n'es pas contente de me voir ? Ça ne te met pas en joie ?

Il y avait dans cette voix quelque chose de nocif. Elle n'avait pas le côté sombre et flippant du gardien de la crypte, mais elle était haut perchée et grêle… quoique masculine. L'innocence y semblait totalement absente. C'était le genre de voix qui, au moyen d'un bonbon, vous emmenait des enfants dont on n'entendait plus jamais parler.

— Toujours, s'empressa-t-elle d'insister. Mais toi… ici…

Je te vois, dit une voix dans ma tête me faisant trembler comme une feuille. Les mots semblaient battre contre mon cerveau comme une nuée de papillons de nuit autour d'une lumière vive.

Au même moment, la voix à l'intérieur de la pièce dit :

— Mais c'est ici que ça se passe. Toutes les jolies, jolies gâteries sous un même toit. Et le conseil… Ah ! le conseil…

— Qu'est-ce qu'il a, le conseil ? demanda Melli, semblant impatiente, mais soucieuse de ne pas trop le montrer.

Intéressant.

— Si tu leur as dit quoi que ce soit…

— Qu'est-ce que tu feras ? Tu me tueras ?

Il rit, et cela tenait de la folie ; une folie qui menaçait de se répandre si elle durait trop longtemps. J'étais absolument persuadée que je l'entendrais dans mes cauchemars.

— Si je me souviens bien, tu as déjà tenté de le faire.

— Tu es venu pour une raison, lui rappela Melli.

— *Oui.*

Il s'interrompit, et j'imaginai que c'était simplement pour faire tourner Melli en bourrique. J'aurais presque pu aimer ce type pour ça.

— Tu n'as besoin de savoir qu'une chose : le conseil ne va pas tarder à arriver.

Elle resta sans voix pendant un instant.

— Alors, il faut que je me prépare.

J'entendis un bruissement de rideau, une fenêtre qu'on faisait coulisser pour l'ouvrir, et je pensai que la première chose que je ferais si je succédais à Mellisande, ce serait d'insonoriser mon sanctuaire.

— Tu retrouveras la sortie tout seul ? demanda-t-elle.

— Donc… tu me seras redevable ? demanda-t-il d'un ton sournois.

Ce n'était pas une réponse, mais elle n'avait pas l'air de s'en rendre compte.

— Je t'enverrai le paiement habituel. Attends-toi à la recevoir demain.

Il y eut un bruit de « smack » que je trouvai carrément répugnant.

— Entendu, dit-il. J'attendrai.

Je n'aurais pas su dire ce qui se passa ensuite. Il y eut un bruit – peut-être le type qui sautait du rebord de la fenêtre – et puis le cliquetis des talons aiguilles de Melli qui se rapprochait dans ma direction.

La panique faillit faire battre mon cœur à nouveau. J'étais sûre que la porte du bureau s'ouvrait de l'intérieur, en tirant, ce qui ne me permettrait pas de me cacher. Je m'éloignai rapidement et tentai la porte d'à côté, mais elle était fermée, et je n'avais plus le temps.

Melli apparut dans le couloir. Je m'attendais à ce qu'elle regarde de mon côté et que le couperet tombe, mais elle n'en fit rien. Elle se dirigea vers le devant de la maison avec une telle promptitude que je pensai – bon, d'accord, j'*espérai* qu'elle se casse un talon.

Je me précipitai pour arrêter la porte du bureau, au cas où la fermeture aurait été automatique, et manquai de me casser un ongle au passage. Il ne m'en restait pas des masses de présentables ! Peut-être que Marcy aurait une trousse de manucure ou même simplement une lime. Ouais, et peut-être que je pourrais m'en servir pour poignarder Truc Un en plein cœur pour avoir monté mon amie contre moi.

Viens, petite gâterie. Viens là, ma jolie, jolie, jolie. Approche un peu. J'avais déjà franchi le seuil lorsque je me figeai, mais ce fut trop tard. Des griffes surgirent de nulle part et me saisirent aux épaules. En deux temps, trois mouvements, mes pieds ne touchèrent quasiment plus terre, et l'on me traînait à travers la pièce, tout droit dans les lourds rideaux d'or. Tout s'était passé à une vitesse vertigineuse. Une vitesse pas naturelle. La poussière des rideaux me prit à la gorge et me fit pleurer, mais c'était là le cadet de mes soucis. Je levai les yeux au-dessus des serres qui s'enfonçaient dans mes épaules pour voir le visage du père Fouettard. Des yeux rougis me fixaient avec la lueur maniaque de la démence, et les traits étaient tout simplement… à côté de la plaque. Il était équipé de toutes les bonnes parties – deux bras, deux jambes, un nez, une bouche, des oreilles –, toute l'apparence d'un être humain, et pourtant… elles étaient mal faites – au même titre que le jade n'est pas la jadéite –, toutes reconstruites et modelées en une forme nouvelle. Je pétochai.

C'est alors qu'il sortit une langue noire et pointue, et se mit à me lécher le nez.

— Beurk ! lâchai-je en me reculant devant son haleine rance et son machin humide et crade.

Il fit claquer ses lèvres et inclina la tête comme s'il réfléchissait à ce qu'il venait de goûter.

— Ah ! le cheveu sur la soupe.

L'enfant qui sommeillait en moi était sur le point de prendre le dessus et de hurler « Ne me touchez pas ! » jusqu'à ce que quelqu'un de grand et fort vienne lui botter le cul. Mais je doutais que ce secours arrive, alors j'enfermai l'enfant dans un placard et me préparai mentalement au combat.

— Je ne suis pas un cheveu.

Cela le fit rire, et un grouillement d'araignées fila le long de mon dos. Ma peau semblait se contracter sous les efforts que je déployais pour m'enfuir.

— Plutôt le papillon qui, en battant des ailes, provoque la mousson sur une partie du monde.

Toute cette histoire de papillon m'échappait, mais il n'y avait pas photo, c'était bien mieux que d'être un simple cheveu.

— Je vais te dire ce que je lui ai dit, à elle, poursuivit-il en me goûtant à nouveau, comme si c'était là le prix à payer pour traiter avec lui. Le garçon – gâterie –, lui, il compte.

Sa voix redescendit alors dans un registre à peu près normal, et ses yeux semblaient avoir du mal à rester fixes, comme s'il regardait à l'intérieur. Il marmonna :

Le joli garçon s'interroge
Sur l'univers qu'il tient dans sa main.
Il est la clef qui ouvrira les portes
Le catalyseur du changement.

Des devinettes. Que du bonheur. Il n'aurait pas pu se contenter de blagues Carambar… ou même de quelques contrepèteries ?

— Je ne comprends pas, dis-je. Quel garçon ? Bobby ? Qu'est-ce que ça signifie ?

— Et toi, poursuivit-il, comme si je n'avais pas parlé. Toi, petit, petit, petit, tu es le chaos fait chair. Le garçon est la clef, mais toi tu feras exploser les serrures.

Pendant que j'étais encore en train de traiter cette information, il attaqua en tirant ma tête sur le côté pour que mon cou soit à découvert. On aurait dit alors qu'un anneau d'aiguilles perçait ma chair. La douleur et la terreur formèrent un cocktail toxique qui transforma mon esprit en compote. La morsure me figea, m'horrifia, et le poison de la terreur s'insinua profondément, me faisant hurler intérieurement pour que ça s'arrête. Ma santé mentale ne tenait plus qu'à un fil lorsque la chose retira sa bouche et que j'aperçus les dents-aiguilles que faisait reluire mon sang. Il les lécha, s'entaillant probablement la langue au passage. A la pensée que mon sang se mélangeait au sien, je faillis me trouver mal.

Ses yeux, qui s'étaient retournés avec volupté, croisèrent soudain les miens. J'eus l'impression d'être épinglée sur une planche à insectes.

— Reste. Ils arrivent.

Il me relâcha et bondit comme un affreux grillon des grottes en direction de la fenêtre ouverte qu'il ferma derrière lui au moment même où la porte du bureau s'ouvrait. Je me reculai aussi loin que possible contre le mur, espérant que mes pieds et ma silhouette ne se voient pas. Je priai aussi pour que ma blessure au cou se soit refermée avec une rapidité miraculeuse. Je ne souhaitais laisser aucune trace de sang.

Surtout, je voulais ce détergent cérébral.

11

— Par ici, disait Mellisande, les talons claquant sur le sol à mesure qu'elle s'approchait.

Il y avait également d'autres pas, au moins une autre paire de talons, mais je n'osai pas regarder.

— Nous te remercions de nous recevoir sans… qu'on ait pris la peine de te prévenir. Le conseil a entendu des choses troublantes à ton sujet, Mellisande.

La voix était bien plus grave que celle du père Fouettard, mais tout aussi sinistre.

— On raconte que tu es en train de construire une enclave en vue de bâtir un empire. Puis-je te rappeler que la mort de ton sire, dont tu ne nous as toujours pas donné d'explications satisfaisantes, t'a libérée de son contrôle à lui uniquement, pas du nôtre.

La mauvaise opinion que m'inspirait l'origine de cette voix empira. Le type semblait aussi lisse que du sirop d'érable et tout aussi collant. J'avais vu des filles tomber dans les bras de mecs qui avaient une voix semblable.

Les insultes gratuites étaient au programme, même si l'attention extrême dont ils témoignaient était presque flatteuse au début. Commençaient alors les remarques sur l'apparence physique – la longueur de la jupe, la quantité de maquillage – qui se transformaient en une jalousie folle, voire en violence. Si vous voulez mon avis – c'est l'évidence même – le pouvoir, même celui qui est exercé à mauvais escient, avait sa façon bien à lui d'attirer. Le besoin de regarder me rendait dingue ; j'aimais connaître mes ennemis et j'étais persuadée que le mien était présent.

— Je vous en prie, asseyez-vous, répondit Mellisande.

Je me demandais si elle s'apercevait qu'elle ressemblait à une reine accordant audience à ses sujets. Elle semblait en pleine possession de ses moyens, entièrement remise des tremblements qu'avait suscités, un peu plus tôt, la mystérieuse menace.

— Discutons de ces accusations scandaleuses. J'aimerais savoir qui a affirmé de telles choses afin que je puisse faire face à mes accusateurs.

Une nouvelle voix prit la parole – féminine, mélodieuse.

— Donc, tu nies ces affirmations ?

— Oui.

— Malgré le fait que dans ta ville, le taux de mortalité, en particulier parmi les adolescents, a fait un bon depuis ton retour ?

Dans les dents, Melli-nome, pensai-je.

— Vous me reprochez à moi le taux de mortalité chez des *enfants* ? Ils sont intrépides et imprudents…

— Malléables, tinta la voix masculine à nouveau.

Je me dis qu'il ne connaissait pas les personnes que je connaissais, c'était clair, s'il croyait qu'on était tous, genre, complètement influençables. Il y aurait beaucoup moins de désastres vestimentaires dans ce monde si c'était le cas.

Mais s'il s'agissait là de ce que croyait Mellisande – que notre mort passerait simplement pour le fruit d'une vivacité imprudente ou de je ne sais quoi –, alors, on pouvait comprendre qu'elle recrute des ados. Et si elle se figurait qu'on pouvait nous mener par le bout du nez… bon, d'accord, pour toutes les Tina Carstairs du monde, je ne dis pas, mais la plupart des jeunes que je connaissais vivaient pour faire chier plutôt que pour satisfaire l'autorité.

— Donc pour que je comprenne bien, qu'est-ce que je suis censée avoir fait de ces enfants ?

Il y eut un silence, comme si la clique du conseil pensait que le calme la ferait craquer. Ou alors…

— Franco, tu sais que tes tours de passe-passe ne prennent pas avec moi, gronda Melli.

Il rit, mais d'un rire qui sonnait faux.

— Il paraît. Mais tu es là, à essayer de me convaincre que ces accusations sont sans fondement. J'ai pensé que ça valait la peine de tenter le coup, histoire de séparer la réalité de la fiction.

— Et toi. Est-ce que tu vas aussi me tester ? demanda Melli à celle qui accompagnait Franco.

— Je préférerais parler du garçon, répondit la femme.

Melli demanda :

— Quel garçon ?

Mais cette question ne sortit pas de façon aussi désinvolte qu'elle l'avait sans doute voulu.

— Allons, l'interrompit l'homme à nouveau. Nous avons notre propre « médium pour animaux domestiques ».

Je songeai à… la chose absolument effrayante en face de laquelle je m'étais retrouvée derrière ces mêmes rideaux. C'était impossible qu'elle soit domestiquée. C'était peut-être un animal dans le sens où il serait ravi de mordre la main qui le nourrit, mais en dehors de ça… Je tressaillis.

— Je suis sûre qu'il existe autant de prophéties que de prophètes, répondit Melli. Mais il se trouve que j'ai entendu parler d'un garçon. Je m'emploie à vous le procurer et j'envisage de le remettre au conseil pour prouver ma loyauté.

J'avais la tête qui tournait. Après la prophétie du médium et la pierre précieuse qui brillait comme une supernova autour de Bobby, la première nuit, j'étais convaincue qu'il devait être « le garçon ». Mais Melli prétendait qu'elle le cherchait encore… Il fallait donc qu'elle mente. Mais, d'un autre côté, pourquoi prendre la peine d'admettre qu'elle le connaissait ? Pourquoi révéler ce secret et en dissimuler d'autres ? J'en avais mal au crâne. Je brûlais de surgir brusquement de ma cachette et d'exiger des réponses, mais les quelques neurones qui ne mobilisaient pas leurs efforts pour comprendre la conversation me retinrent. Je n'étais pas dans une position favorable. Mais s'ils tentaient vraiment de trimballer mon petit copain, ça allait leur chauffer.

— Si tu n'abrites ni le garçon ni ta pitoyable armée, alors tu ne verras pas d'inconvénient à ce qu'on visite ton établissement, fit l'homme à la voix visqueuse et sucrée.

Je fus prise d'un mouvement de panique. Le fait qu'ils administrent à Melli la malodorante une raclée ne me dérangeait pas trop, remarquez, mais qu'est-ce que cela impliquerait pour mes camarades de classe ? Pour Bobby ? Ce que je veux dire, c'est que, si Melli n'était pas exactement une rigolote, j'ignorais si ces types valaient mieux. Melli était capable de rendre n'importe qui furax, donc je ne retenais pas ce trait de caractère contre eux, mais ils semblaient avoir de gigantesques balais dans le derrière.

Toujours calme et sereine, Melli répondit par : « Pas du tout. » Soit elle possédait une sorte de pouvoir de dissimulation de dingue que je n'avais pas vu, soit l'avertissement du père Fouettard lui avait donné le temps de s'assurer que tous ses jouets étaient rangés. Je n'arrivais pas à imaginer où, mais c'était sans doute là tout l'intérêt.

— James et Roman vont vous faire visiter. Je vous accompagnerai quelque temps.

Mais-mais-mais, bégaya mon cerveau, et si les vampires du conseil utilisaient leurs « tours de passe-passe » sur ces deux-là ? Est-ce qu'ils ne vendraient pas la mèche ? Je risquai un œil en dehors des rideaux, ne les écartant qu'un tout petit peu et manquant de tomber de soulagement lorsque je vis que James et Roman étaient Trucs Un et Deux, les canons qui m'avaient retirée de la plèbe l'autre nuit. Ils n'étaient pas présents dans la pièce lorsque la pierre précieuse avait brillé et, avec un peu de chance, ils ne sauraient pas que Bobby était le garçon qu'ils étaient censés chercher. En revanche, ils étaient bien au courant de l'armée d'adolescents de Mellisande. A moins que le dragon n'ait réussi, je ne sais comment, à effacer leurs esprits, auquel cas elle avait une force bien supérieure à celle que je lui avais prêtée. Ça me faisait flipper d'être, à cet instant précis, contente qu'on soit dans le même camp. Mais si elle tentait la moindre chose avec Bobby…

J'étais toujours figée derrière le rideau, enfermée avec le dragon, lorsque sa porte de bureau s'ouvrit et se referma de nouveau. Je ne pouvais voir qu'une infime partie de la pièce, porte incluse, mais ce fut suffisant pour que j'aperçoive Connor entrer furtivement. Et pour que lui voie très bien mon œil. Il aurait fallu qu'il soit aveugle pour ne pas me voir, et je me rendais bien compte à ses yeux écarquillés qu'il n'y avait pas le moindre risque de ce côté-là. Tout mon corps se tendit, prêt à passer à l'action, même si j'ignorais encore à quoi cette action ressemblerait : sauter par la fenêtre sur les pas du père Fouettard ou bien gagner la porte en jouant des poings pour avertir Bobby que Melli-nome voulait se servir de lui comme d'une sorte de pion.

C'est alors que Connor fit quelque chose d'inattendu. Il détourna le regard comme s'il n'avait rien vu.

— Les équipes Alpha et Bêta sont en lieu sûr, à jouer au jeu de guerre qu'ils appellent « paintball », rapporta-t-il avec son délicieux et inclassable accent. Leurs locaux ont été nettoyés.

Je me demandais ce que ça pouvait bien vouloir dire, ça.

— Votre nouveau « garçon jouet » est également ailleurs.

— Très bien. Une fois que les laquais du conseil seront partis et que tout le monde sera de retour, nous procéderons au châtiment de Rick. Après m'être agenouillée devant le conseil, j'ai besoin d'une bonne saignée.

Connor inclina le buste et, d'un geste de la main, invita Melli à passer devant lui pour sortir de la pièce.

Mais, dès qu'elle fut dehors, il referma la porte et se tourna vers moi.

Un frisson me parcourut le dos lorsque ses yeux croisèrent les miens.

— On se dépêche, ordonna-t-il.

Je me demandai s'il était trop tard pour sauter par la fenêtre. Comme il ne m'avait cependant pas balancée au dragon, peut-être devrais-je écouter ce qu'il avait à me dire. En plus, si je ne comptais pas sauter, il faudrait bien que je me trouve des alliés. Personne, à l'internat, ne se revendiquait ma meilleure amie pour la vie.

Je sortis discrètement de derrière le rideau, avec un peu l'impression de me retrouver devant le dirlo après avoir séché des cours. Mais être collée n'était pas la pire chose qui pouvait m'arriver. Pas avec quelqu'un qui avait réagi de façon aussi désinvolte aux ordres relatifs à une saignée.

— Quoi ? demandai-je, essayant d'adopter un ton détaché, comme si je me cachais tout le temps derrière des rideaux et que ça n'avait jamais eu l'air de déranger personne.

— Tu n'as rien à faire ici, dit-il d'un ton sévère.

— Bon, puisque tu es aussi perspicace, tu n'as plus besoin de moi. Je vais y aller.

Ce n'était pas la chose à dire si je cherchais à me faire des amis, mais ça m'échappa. Et, d'ailleurs, s'il avait l'intention de respecter quoi que ce soit, ce ne serait pas la peur.

— Non, répondit-il avec fermeté. Tu ne vas nulle part.

Je le regardai droit dans ses yeux verts diaboliques et je bombai le torse ; mais son regard ne fut pas aussi facilement attiré que l'avait été celui de Rick.

— Ecoute, si tu avais l'intention de sonner l'alarme, tu l'aurais déjà fait. Donc, quelque chose me dit que tu opères en dehors du système. Ce qui veut dire que tu n'as pas envie que je pousse une gueulante.

Il me regarda en plissant les yeux.

— Auquel cas, tu ferais sans doute bien d'aller droit au but et de ne pas essayer de jouer au mariolle.

Il rit, un bref aboiement d'humour.

— Tu es exactement comme elle. Toutes les deux à vous bagarrer contre le monde sans savoir du tout à quoi vous vous frottez.

— Wouaouh ! Toi, tu sais parler aux filles, c'est sûr.

Son accent m'avait-il réellement fait fondre le premier jour ? Allez comprendre.

— Tu oublies une chose, poursuivit-il, imitant mon pas sur le côté au moment où je tentais de m'esquiver. Ce que je sais sur toi entraînerait ta mort. Et je le dévoilerai, je te dévoilerai, toi, pour me sauver. A moins que tu ne m'aides.

J'en fus estomaquée.

— Qu'est-ce que tu sais sur moi ?

Je voyais pratiquement les rouages tourner dans sa tête à mesure qu'il tentait de décider ce qui ferait avancer ses affaires : acheter ma bonne volonté ou me faire mariner ? Je croisai les bras.

— Accouche, commandai-je.

Il soupira.

— Tu as hérité de l'un des très rares pouvoirs de Mellisande. Curieusement, il semble que ça ait sauté une génération. J'ai observé, mais aucun de ses descendants directs ne possède sa résistance à l'hypnose. Je l'ai essayée sur toi le premier jour, et tu ne m'as pas laissé faire.

Eh bien, voilà qui expliquait les grogs.

— Mellisande sait seulement qu'elle ne peut t'atteindre facilement comme elle le fait avec ses autres enfants. Elle n'est pas encore allée voir plus loin. Une fois qu'elle apprendra qu'elle ne peut pas exercer son contrôle sur toi, tu ne lui seras plus d'aucune utilité. Elle ne fait pas confiance à ceux qu'elle ne peut pas contrôler.

— Comme elle te contrôle, toi ?

Il grimaça, et je voyais bien qu'il l'avait mauvaise que j'aie visé juste.

— Comme elle me contrôle, moi, grogna-t-il. Lorsqu'elle se concentre. Heureusement, notre dame a du pain sur la planche pour l'instant.

— Donc, en quoi est-ce que mon pouvoir (et, bien sûr, il ne pouvait pas s'agir d'un truc cool comme l'invisibilité ou la télépathie ou autre) peut t'aider ?

— J'y travaille toujours. Quand l'occasion se présentera, je te le ferai savoir. Pour le moment, on peut commencer par la conversation que tu as surprise.

— Quoi, tu n'as pas mis l'endroit sur écoute ? demandai-je.

— Mellisande fait la chasse aux micros, expliqua-t-il. Ceux que j'installerais seraient découverts.

Si elle était aussi parano que ça, elle laissait probablement sa porte de bureau sans surveillance, afin que les gardes ne puissent pas écouter. Elle devait se dire que personne ne serait assez stupide… euh… courageux pour rester à écouter derrière une porte dans un couloir où tout le monde pouvait vous voir. Elle était mal renseignée.

On aurait dit qu'il s'agissait d'un moment de vérité. Si Melli avait ordonné à Connor de me tester afin de voir si je saurais garder ses secrets, j'échouerais dès que j'ouvrirais la bouche. Si, en revanche, il agissait vraiment pour son propre compte et pensait à orchestrer une sorte de punch – non, attendez, un punch, c'était un cocktail, hein ? – enfin bref, une sorte de prise de pouvoir, alors il allait m'écraser si je refusais de trinquer avec lui.

Je songeai à ces regards pleins de ressentiment qu'il avait lancés au dragon pendant qu'elle regardait ailleurs. J'étais convaincue qu'il ne se jouait pas de moi par loyauté pour elle ; mais est-ce que lier mon sort au sien vaudrait mieux que de me faire bien voir de Melli ? Ce que je veux dire par là, c'est qu'essayer de me maîtriser d'emblée en faisant naître des images de repoussants tapis en peau d'ours ne lui valait pas exactement une place de choix dans mon carnet d'adresses. Peut-être que je pourrais m'ériger en une sorte d'agent double, au moins jusqu'à ce que je démêle le vrai du faux.

Je haussai les épaules.

— Très bien. Ce que j'ai entendu… version « Profil de l'œuvre » : le conseil a percé Melli à jour. Il la soupçonne de ramasser des jeunes et, pour une raison ou pour une autre, ils veulent Bobby.

— Pourquoi ?

— J'espérais un peu que tu me le dises. Cette histoire de pierre précieuse brillante…

— De médaillon, rectifia-t-il. Il brille en présence du pouvoir. Il se peut que notre état de morts vivants s'accompagne de vulgaires tours de passe-passe comme l'hypnose et autres, mais tu serais surprise par le peu de pouvoir *véritable* qu'il y a à côté de ça. La magie est rare. La magie, c'est le pouvoir. Ça ne m'étonne pas que

Mellisande ait recherché Bobby si quelqu'un l'a mise sur sa trace.

— Mais…

— Chut ! dit-il.

Des pas s'approchèrent, et je me demandai si j'allais devoir regagner ces rideaux, mais le promeneur continua sur sa lancée. J'avais l'intention de ne rien dire sur le fait que Bobby était « la clef » et tout, des fois que Connor déciderait que le moyen de l'emporter sur Melli consisterait à remettre lui-même mon petit copain au conseil. De cette façon, peut-être qu'il passerait plus de temps à tenter de voir s'il pourrait utiliser Bobby à des fins plus raisonnables, comme il projetait de m'utiliser moi. J'espérais simplement qu'il ne considérait pas Bobby comme un rival pour le pouvoir qu'il voulait visiblement pour lui tout seul.

— Tu ferais mieux d'y aller maintenant, dit Connor, une fois que les pas se furent éloignés. J'ai des dispositions à prendre.

— Mais…

— *Maintenant*, dit-il, et une vague sensation m'envahit, comme si tous les poils de mon corps avaient été ébouriffés en même temps. Comme s'il avait essayé d'exercer sur moi son influence, bien qu'il sût que cela ne fonctionnerait pas.

— C'est ça, répliquai-je.

De toute façon, ce n'était pas comme si j'obtenais des réponses. Au moins, je commençais à comprendre les questions.

Je me faufilai de nouveau dans les couloirs, sans le secours de mon coconspirateur qui partit de son côté au lieu de me couvrir. Heureusement, les couloirs étaient toujours aussi sinistrement déserts. On aurait dit une ville fantôme.

Lorsque j'arrivai au dortoir, je vis ce que « nettoyés » signifiait : toutes les photos avaient été décrochées des murs et l'on avait empilé les lits comme s'ils n'étaient pas utilisés. Les produits avaient été retirés des salles de bains, ce qui donnait l'impression qu'elles étaient presque spacieuses. Je me souvenais d'émissions sur l'espionnage dans lesquelles les nettoyeurs pouvaient faire disparaître toute une scène de crime, mais je n'aurais jamais cru que cela pût être fait aussi rapidement si je ne l'avais vu de mes propres yeux. Melli était même allée jusqu'à obliger ses gens à utiliser un nettoyant inodore. Grâce à mes sens de vampire, j'arrivais à le sentir si j'inhalais profondément, mais ce n'était pas le pin ou le citron révélateur auquel j'étais habituée chez moi, ni même le parfum chimique très industriel du produit dont toute l'école était imbibée.

Ça me faisait mal de reconnaître le brio de la dame. Mais peut-être qu'elle n'avait pas qu'une belle gueule.

12

Mes camarades de classe revinrent, surgissant par la trappe et affluant dans la salle, et là, tels les Trois Stooges, ils rentrèrent les uns dans les autres quand ils découvrirent l'entière désolation de leur espace. Personne ne les avait avertis, c'était clair. Tous me regardèrent d'un air accusateur – moi, la seule chose à peu près vivante de la pièce, assise sur un lit solitaire que j'avais descendu.

— C'est pas moi, dis-je pour ma défense.

Mais personne ne m'entendit vraiment avec les cris que poussaient ceux qui n'arrivaient pas à s'extraire du trou, car ceux de leurs camarades qui étaient restés figés bloquaient le passage.

Trucs Un et Deux ne furent d'aucun secours. Ils traversèrent en jouant des coudes, faisant fi des questions par un simple : « On revient. » Heureusement, ils furent de retour avant que l'assemblée puisse vraiment s'en prendre à moi. Ils étaient munis de deux énormes sacs d'affaires, d'articles de toilettes et d'objets divers. La salle fut soudain le théâtre d'un chaos. On aurait dit les soldes de fin d'année à Bergdorf : des jeunes se battant pour telle photo ou telle chemise, sans qu'aucune des deux ne sorte indemne de la mêlée.

J'observai avec une fascination un peu semblable à celle que suscitent les émissions de téléréalité, jusqu'à ce que quelque chose se rapproche lentement et me bouche la vue. En levant les yeux, je vis que Marcy s'était plantée devant moi, les poings sur les hanches, et je me dis : *C'est parti.*

— Tu arrives à croire ça ? demanda-t-elle.

Je regardai autour de moi pour voir de quel « ça » elle parlait parce qu'à ce stade, j'étais bien capable de croire n'importe quoi.

Mais elle ne regardait pas la zizanie qui nous entourait, seulement les gouttes de peinture violette pétante qui décoraient sa tenue tel du soi-disant « art » moderne.

— Hum, commençai-je prudemment.

Elle se laissa tomber à côté de moi sur le lit. J'espérais qu'elle avait eu le temps de sécher, mais je n'y croyais pas.

— Remarque, je ne me suis pas mise sur mon trente et un. J'veux dire, ils nous ont bien prévenus quand ils nous ont appelés pour leurs petits jeux de guerre, mais quand même. Ça partira jamais.

Je regardai, surprise.

— Je croyais que tu ne me parlais plus.

Elle m'adressa une moue qu'elle avait volée dans mon arsenal.

— Oh ! allez, comme si les autres comprenaient ce que je ressens. Ce débardeur, c'est de la *pure soie.* En plus, j'arrive pas à t'en vouloir longtemps. T'es la seule ici, qui fait la différence entre Jimmy Choo et Margaret Cho.

— Est-ce que c'est pas une comique ? fis-je.

— Alors, tu vois ! répondit-elle d'un ton triomphant, en me cognant l'épaule d'un geste amical.

Je la cognai à mon tour, même si j'étais toujours un peu vénère.

— Alors, pourquoi t'es pas dans la mêlée ? demandai-je.

Elle leva les yeux au ciel.

— S'il te plaît ! Comme si ce jeu stupide (elle indiqua ses taches violettes d'une chiquenaude) n'avait pas assez abîmé mes ongles comme ça. Et, quel que soit le gagnant, il va se faire chourer sa photo dès qu'il aura le dos tourné. Ça vaut pas vraiment le coup. En plus, t'as vu les beaux mecs qu'il y a ici ? Les garçons superficiels sont un peu… stupides, tu vois ?

Maintenant, nous étions sur la même longueur d'onde.

— Alors, tu kiffes lequel ?

Marcy s'apprêtait justement à me le dire lorsque les portes de l'entrée s'ouvrirent brusquement… seulement cette fois, cela n'avait rien à voir avec moi. Pendant une seconde entière, j'avais oublié Melli et ses complots, et je me sentais presque normale à nouveau. Cependant, si la vie c'était comme une boîte de chocolats, alors j'étais condamnée à écoper du mauvais, fourré au sirop d'érable.

Rick tomba à nos pieds, poussé là par deux des larbins de Melli : Godzillette et Fauconman. Je les fusillai du regard, mais, s'ils le remarquèrent, ils s'en fichèrent royalement et ne firent que s'avancer dans la salle pour que le reste de la cour du dragon puisse entrer… Bobby y compris. Sans même réfléchir, je me jetai sur lui, et il me rattrapa, le visage sombre et les yeux rivés derrière moi, sur Rick. Je songeai à ce que Melli avait dit à Connor – au sujet d'une saignée – et je me tournai aussi.

Rick était étendu par terre aux pieds de Mellisande, en position fœtale comme si la démonstration de « crime et châtiment » façon monde bizarro avait déjà commencé. Il portait un marcel taché par la transpiration et un short, comme s'il revenait d'une séance de muscu… ou de tête au carré, c'était plus probable. L'odeur me chatouilla le nez. Je grimaçai de dégoût, d'horreur, mais cela n'empêcha pas mes canines de pousser. Je pouvais pratiquement sentir sa peur, comme une odeur piquante dans l'air. Réagit alors en moi quelque chose d'élémentaire dont je ne voulais pas entendre parler.

Je serrai les mains de Bobby jusqu'à ce qu'il dise :

— Aïe ! Gina, tu me fais mal.

— Mais pas autant qu'ils vont lui faire mal à lui, hein ?

Je n'aimais pas Rick et je l'avais moi-même blessé, mais là, c'était différent. C'était un peu du dix contre un. Et quelques vampires ligués contre lui, qui n'était qu'un culturiste sans cervelle, cela ne semblait pas vraiment juste. Bien sûr, comme mes parents adoraient me le rappeler, la vie n'était pas juste. Et ce n'était pas la mort qui allait rétablir l'équilibre.

Bobby avait l'air distant. Peut-être luttait-il avec ses propres démons. Je l'espérais, d'ailleurs. Je n'avais pas envie de penser qu'il n'était pas affecté.

— Ça m'en a tout l'air.

— Est-ce que tu vas faire quelque chose ? murmurai-je.

— Comme quoi ?

L'espace d'un instant, le regard de Bobby – moins distant, mais plus dur, plus déterminé – glissa vers le mien.

— Gina, il t'a *agressée* !

Je rejetai mes cheveux en arrière.

— Il a essayé.

Les hommes de main de Melli rappelèrent l'assemblée à l'ordre, et ce ne fut plus le temps de parler.

Melli, vêtue d'une robe drapée couleur framboise, les chevilles serrées par des lacets qui se croisaient jusqu'aux talons, prit la parole, attirant tous les regards. On aurait dit que, marchant en plein sur les cadavres froids de ses adversaires, elle venait de descendre d'un podium de défilé de mode.

— Rick a désobéi à l'ordre exprès de laisser un prisonnier croupir, commença Melli en élevant la voix pour qu'elle porte et en me fixant.

Une trentaine de paires d'yeux se tournèrent alors vers moi, avec différents niveaux de trouble et de colère, comme si le fait que Rick se soit montré aussi entreprenant était de ma faute à moi. J'avais l'habitude d'être le centre d'attention, mais pas tout à fait de cette manière. Comme solutions de rechange au dragon, Connor et même les membres du conseil semblaient de plus en plus séduisants.

— Sa désobéissance a permis au prisonnier de s'échapper, malgré que sa cavale n'ait pas duré longtemps…

Malgré que ? Qui parlait encore ainsi de nos jours ?

— Je pense qu'il est temps que vous appreniez tous ce qu'il en coûte.

Elle leva une main, et sa junte – Connor, Larry, les malabars, une femme blonde et mince que je n'avais jamais vue auparavant – tomba sur Rick comme une masse.

Truc Deux – le prof – lui mordit l'intérieur du bras, une goutte de sang lui coulant sur le menton et tombant sur sa chaussure éraflée. Les yeux de Connor lancèrent des éclairs avant qu'il enfonce ses propres dents dans la cuisse du jeune homme. Il y avait à cet endroit une artère ou un truc sans lequel je ne pensais pas qu'il pût vivre. Melli elle-même s'attaqua à sa gorge. Je poussai un cri, et Bobby me serra la main suffisamment fort pour que les os s'entrechoquent. Comme face à un accident de train, il était impossible de détourner les yeux.

Rick fut pris de convulsions aux premiers coups de dents. Puis ses paupières s'abaissèrent, comme si elles étaient trop lourdes, et son corps se relâcha lentement, gagné par ce que j'espérais être le sommeil. Le professeur changea de position, et une giclée de sang m'atteignit en plein sur la poitrine.

Mes canines étaient à présent entièrement sorties, et Bobby gémissait à côté de moi ; mais aucun de nous ne bougea, paralysés que nous étions par les attractions contraires de l'horreur et du besoin. J'ignorais laquelle des deux options j'aurais choisie, mais, tout à coup, ce fut terminé. Connor leva la tête et déclara :

— Ça suffit. Laissez-le mourir tranquille.

Les vampires de la junte levèrent la tête et se reculèrent, Mellisande en dernier, les ordres de Connor ayant mis des éclairs dans ses yeux. Rick fut laissé là, poupée de chiffon effondrée sur le sol. S'il respirait encore, comme le supposaient les paroles de Connor, je ne pouvais pas le voir, et il paraissait peu probable que cela dure longtemps. Bobby me retourna contre sa poitrine, comme pour m'épargner désormais le spectacle.

— Emmenez-le, commanda Melli à quelqu'un.

Tout ce que je pouvais voir, c'était le pull bleu de Bobby.

— Les autres, reprenez le travail, ordonna-t-elle.

Comme si de rien n'était, la junte des vampires se retira, tournant le dos à Rick et à son destin, et laissant les sous-fifres humains – Godzillette, Pluto et Fauconman – se débarrasser du corps. Le reste d'entre nous observa le silence, bouche bée.

Personne n'était intervenu. Absolument personne. Pas même moi.

J'étais devenue l'un des monstres.

J'avais envie de taper sur quelque chose, et Bobby était ma cible la plus proche. Je tambourinai sur ses flancs, sur son torse, mais il se contenta de m'empoigner plus fermement. Puis, les yeux embués par la colère, je m'aperçus qu'il me faisait sortir du couloir, et je me mis à frapper malgré moi. Je le repoussai, regardant, les yeux plissés, comme à travers un filtre rouge, la tache que j'avais laissée sur son beau pull. J'avais pleuré du sang. Eh bien, si ça, c'était pas éloquent.

Bobby m'avait laissé le repousser, mais pas au point d'être hors d'atteinte. Ses mains continuaient d'agripper mes épaules.

— Gina, dit-il doucement, on ne pouvait rien faire. Il faut qu'on choisisse nos combats.

Bien qu'il eût parlé tout bas, je savais combien les sons étaient amplifiés dans cet endroit. D'un signe de tête, je montrai une porte, plus loin dans le couloir, celle que j'avais empruntée lors de mon bref séjour en prison.

Il glissa les doigts le long de mes bras, puis sa main prit la mienne, et il me conduisit dans la direction que je lui avais indiquée. Fort heureusement, les deux portes, intérieure et extérieure, de ma zone de détention n'étaient pas fermées maintenant que personne ne l'occupait plus.

J'arrachai ma main de la sienne, les yeux enflammés :

— Donc, choisir nos combats, ça veut dire laisser les gens mourir ?

— Il n'est pas mort… encore, dit Bobby en se dérobant. Et je ne t'ai pas vue…

— Arrête ! S'il te plaît, arrête, d'accord ?

Tout d'un coup, ce ne fut pas la grande forme. La soif de sang semblait brûler en moi comme un feu de broussailles, ne laissant derrière que la faim.

— D'abord, y'a ta dingue de « mère », puis le médium, le conseil, le punch de Connor… et après ?

Je me laissai tomber sur la chaise du garde et enfonçai la tête dans mes mains squameuses.

— En plus de ça, si je ne trouve pas de la crème et une lime à ongles dans les vingt-quatre heures, je crois que je vais hurler.

Bobby paraissait… amusé… et c'était tellement déplacé que je ne trouvais rien à dire.

— Enfin, au moins, tu as tes priorités... Et tu vas trop vite pour moi. C'est quoi, cette histoire de médium et de cocktail ?

Je poussai un grognement.

— Je ne suis pas en train de te parler d'un « punch ». Un truc genre « poutch » ou je ne sais quoi, quand quelqu'un veut prendre le pouvoir. Autant que j'en puisse juger, ta mère maquerelle joue à un jeu de pouvoir avec une sorte de conseil de vampires. Cet affreux médium que j'ai vu affirme que tu es « la clef » et que je suis, genre, « le chaos ». Et puis, Connor cherche à me faire du chantage…

Bobby paraissait avoir la tête qui lui tournait.

— J'ai pas suivi après « poutch ». Tu veux bien commencer par le début ?

Je poussai un soupir d'agacement, mais je fis de mon mieux en commençant par ma sortie furtive du dortoir.

Il expira bruyamment.

— T'as pas perdu ton temps, dis donc.

— Qu'est-ce que le dragon t'a fait faire ? Ça m'étonnerait qu'elle t'ait laissé te la couler douce.

— J'apprends à utiliser mes pouvoirs. Et, Gina, c'est vraiment top. Ils n'en parlent pas... je ne pense pas qu'ils aient envie que je connaisse leurs limites. Mais je ne crois pas que ce que je fais est complètement normal.

Il faisait penser à un gamin à qui on venait de donner les clefs de la bibliothèque de bandes dessinées.

— Je pense que tu as raison. Alors, qu'est-ce que tu sais faire ?

L'excitation illumina ses incroyables yeux bleus.

— Je peux faire bouger des objets, des gens – ou en tout cas, les convaincre de bouger, comme une vieille ruse jedi. Et pas qu'un à la fois.

Il plia les genoux, afin que ses yeux soient à la même hauteur que les miens, et toucha mon visage avec sa main.

— Je suis toujours en phase d'apprentissage, mais je peux y arriver suffisamment bien pour nous protéger et nous faire sortir… bientôt… parce que, quoi qu'il se passe ici, ça sent pas bon.

— Pas sans Marcy, dis-je.

— Et tous les autres, dit-il. Voilà pourquoi on ne peut pas être trop impulsifs. Si on veut libérer tout le monde et arrêter les manigances de Mellisande, ça va demander du temps. Et de la stratégie.

Cela se tenait, mais je n'en restais pas moins sceptique. Faire preuve de patience, c'était perdre beaucoup de temps, semblait-il. Nous étions plus nombreux que Melli la malodorante et sa junte, et peut-être qu'après l'épisode Rick, les lycéens seraient excités à l'idée de s'évader. Ou peut-être qu'ils auraient une trouille bleue et que quelqu'un gâcherait nos chances en allant moucharder au dragon. Non, Bobby avait raison. Il fallait que j'apprenne à être patiente.

— Ça marche, dis-je avec une bienveillance qui laissait peut-être à désirer. Qu'est-ce que t'as appris jusqu'ici. J'ai bien compris qu'on était comateux quand l'aube se levait, mais est-ce que c'est vrai qu'on brûle à la lumière du soleil ? Et les pieux, les croix et l'eau bénite…

— Oh ! du calme.

Ses yeux s'enflammèrent littéralement, comme si j'avais fait quelque chose de sexy rien qu'en palabrant.

— Je ne savais pas que tu t'y connaissais en traditions vampiriques.

Je roulai les yeux.

— Je t'en prie. J'y connaîtrais que dalle si Hollywood ne rendait pas les vampires aussi sexy.

— Tu trouves que les vampires sont sexy ? demanda-t-il.

— Enfin, un en particulier.

Ses yeux étaient de véritables braises à présent. Il se passa la langue sur les lèvres, mais ne se laissa pas distraire par ma réponse.

— Eh bien, les croix, l'eau bénite, les étoiles de David et tout le reste ne feront aucun effet à moins d'avoir été réellement bénits ou que celui qui s'en sert soit habité par une foi authentique. S'il s'agit juste de décoration, ils ne fonctionnent pas. Je préfère ne pas penser à ce que cela signifie pour nos âmes. D'après Larry, rien que de passer devant un resto italien, ça le fait tousser aujourd'hui. Je suppose donc que l'ail, ça fait de l'effet. Mais je crois que toute cette histoire selon laquelle les vampires ne seraient pas capables de traverser de l'eau vive, c'est uniquement pour rassurer les proies…

— Bobby, coupai-je.

— Oui ?

— Tais-toi et embrasse-moi.

Pendant son discours, j'avais décidé, à un moment donné, que j'étais bien plus intéressée par lui que par ce qu'il racontait. Il fit un pas vers moi et glissa ma main sous son pull, désireux que je touche sa peau, la contraction de ses muscles. Je lui caressai le dos avec mes ongles, et il haleta, penchant la tête pour m'embrasser.

Toutes les idées de mortalité et d'évasion me quittèrent.

13

J'étais toujours dans la file d'attente, à attendre mon tour devant les salles de bains, frottant mes yeux ensommeillés – le marchand de sable continuait de venir, même en l'absence de rêves –, lorsque les portes du dortoir s'ouvrirent.

L'appréhension m'envahit. Un sentiment qui me confortait entièrement dans l'idée qu'il fallait faire quelque chose. Il n'était pas question que je passe ma vie à craindre les ouvertures de porte.

Pluto et Godzillette se tenaient là, parcourant l'assemblée des yeux.

— Marcy Soleas, dit Godzil en élevant la voix, si bien qu'elle se répercuta de façon sinistre dans toute la salle.

Marcy, qui se trouvait juste devant moi dans la queue et faisait ses exercices d'abdos debout (même si je suis persuadée que le régime sang était pauvre en glucides et que la transformation ne changerait rien à ses abdos d'acier), se retourna brusquement en entendant son nom, s'aperçut de la présence des larbins de Melli et me serra le bras avec une force pas croyable.

Tous les regards se tournèrent vers mon amie. Godzillette et Pluto suivirent la direction qu'ils indiquaient.

— Viens avec nous, poursuivit Godzil.

Elle tenta d'adopter un ton neutre, peut-être même optimiste, mais sans succès.

Les ongles de Marcy s'enfonçaient dans mon bras comme des serres.

— Je le savais. Je ne vaux pas tripette dans les jeux de guerre. Je suis nulle. *Je suis la suivante.*

Je refusais d'y croire, mais avoir été sélectionné par cette bande n'avait pas vraiment réussi à Rick… ni à moi, d'ailleurs. Ce n'était pas rassurant du tout. Autour de nous, tout le monde observait, les yeux écarquillés. Pam Raines et Vanessa Barrett arrêtèrent même leurs incessants murmures.

Chaz et l'un de ses potes paraissaient presque susceptibles d'intervenir s'il s'avérait que Marcy était en danger… ou bien s'ils avaient quelque chose à y gagner. Apparemment, l'attaque subie par Rick avait sérieusement terni la vision idyllique de chacun.

— Pourquoi ? demandai-je à Godzil d'un ton de défi.

— Parce que la dame l'a décidé, répondit Pluto.

— Je veux y aller aussi.

Tout en disant ces mots, je plaçai une main sur ma hanche et j'entendis Chaz inspirer comme s'il avait reconnu là un dangereux signal.

— Non. Tu vois, c'était pas dur. *Marcy*, dit Pluto, comme si ses ordres étaient peut-être plus lourds de sens que ceux de Godzil.

Marcy s'avança d'un pas, les doigts toujours fermement serrés autour de mon bras, me faisant du même coup sortir de la queue. Je lui pressai la main, puis je retirai gentiment ses ongles de ma chair.

— Il ne va rien se passer. C'est promis, lui dis-je.

— Juré, craché ? demanda-t-elle tout bas.

— Absolument.

Godzillette leva les yeux au ciel.

— Mes aïeux... Juré, craché ? On est où, là ? A la maternelle ?

Je me tournai vers elle.

— Ça me fait penser, les années 1980 ont téléphoné. Elles veulent récupérer leurs fringues.

Sa tenue, ce jour-là, se composait d'un justaucorps académique bleu layette avec des reflets argentés. On aurait dit qu'elle sortait tout droit d'une de ces anciennes vidéos où les hommes portaient plus de maquillage que les femmes.

D'ailleurs, elle sourit.

— Belle gueule. Tu l'as eue dans une pochette surprise ?

— Très bien, dit Pluto en maugréant. On a un emploi du temps à respecter, alors si vous avez fini, toutes les deux, de piquer votre crise...

Godzil lui lança un regard noir et se mit à traverser la salle pour s'emparer de Marcy, qui ne bougeait pas assez vite toute seule. Ils la firent sortir dans le couloir ; la porte se referma derrière eux.

Il n'était pas question que je laisse quelqu'un que j'aimais bien finir comme Rick. J'eus soudain un gros doute sur l'endroit où ils emmenaient Marcy et sur les raisons qui les y poussaient. Quelque chose me disait qu'elle ne reviendrait pas. J'allais enfiler mes bottes et puis j'allais botter des culs.

Je regardai autour de mon lit.

— Qui a mes bottes ? demandai-je en fusillant Tina du regard. Si personne parmi vous n'a le cran de les suivre, rendez-moi mes *shoes* et poussez-vous.

Les bottes volèrent à travers la salle et atterrirent à mes pieds… lancées – qui l'eût cru – par Chaz, qui devait les avoir fauchées pour Tina, parce que l'autre possibilité, à savoir une sorte de fétichisme, était trop flippante pour y songer.

— De la laque, ajoutai-je.

— Gina, c'est pas le moment… commença Tina, et je montrai les dents.

Personne d'autre ne broncha. Une bombe de laque super fixative surgit de nulle part, et je la réceptionnai d'une main. La classe.

Je la glissai dans ma ceinture comme si c'était un pistolet. Ça ne valait pas tout à fait la bombe lacrymo, mais ça ferait l'affaire.

— Bon, maintenant, où se trouve la trappe ?

J'étais déjà en train de me maudire de n'avoir pas été plus attentive. Cassandra, la pom-pom girl, expira avec une telle force que ses cheveux blonds se soulevèrent devant son visage.

— Moi, je vais te montrer.

Elle lança un regard noir à l'assemblée.

— Si un seul d'entre vous dit quelque chose, je lui fais sa fête. Pigé ?

Quelques personnes acquiescèrent d'un signe de tête, mais, dans l'ensemble, personne ne fit un seul mouvement.

— Par ici, poursuivit-elle.

Je la suivis à l'endroit même où les lits étaient empilés. Elle se tourna de nouveau vers toute la salle.

— Un petit coup de main, là ?

Ça, ils pouvaient le faire. L'atmosphère se détendit ; certains vinrent retirer les lits de la pile et les écarter pour faire de l'espace. C'était du bon boulot. Si je n'avais pas su qu'il y avait une trappe, je ne l'aurais jamais vue. Pour la première fois, je me demandai si Melli l'avait fait installer ou si le dispositif datait d'un vieil abri antinucléaire ou d'un truc dans le genre… Remarquez que l'Ohio n'était pas, genre, fertile en cibles stratégiques.

— Quelqu'un connaît le code ? demandai-je.

— C'est la clef, c'est ça ? demanda Trevor, le militaire, en s'avançant. C'est un peu compliqué ; faut être deux.

Il regarda Cassandra qui se mit à rougir.

J'avais la nette impression de tenir la chandelle.

— Mais je ne le connais pas, admit-elle.

Tout en la regardant dans les yeux, il lui prit la main et se mit à frapper la pulsation sur sa paume.

— C'est genre doum di-adda, doum di-adda, doum di-adda, doum di-adda.

— La valse « Chopsticks » ? demandai-je, incrédule mais avec discrétion, car je n'avais pas envie de casser l'ambiance alors qu'ils étaient en train de m'aider.

C'eût été alors réduire la partie qu'il exécutait à un truc comme « Heart and Soul », le premier morceau que n'importe quel gosse apprend à jouer au piano… moi y compris, même si avec le professeur de piano que mes parents m'avaient collé, nous avions tous les deux convenu de nous séparer avant qu'il y ait des blessés.

Cassandra acquiesça d'un mouvement de tête pour montrer à Trevor qu'elle avait compris, et ils s'accroupirent à côté de la dalle pour exécuter leur duo. La trappe s'enfonça dans le sol et coulissa.

Je m'assis au bord de l'ouverture pour enfiler mes bottes parce que, quitte à sauter dans l'inconnu, autant que ça ne m'éclabousse pas les orteils. Au fond de ma chaussure, quelque chose s'écrasa comme un gâteau sec. Ça valait mieux que de la vase ou de la boue, sauf quand mon cerveau me suggérait que des insectes – ou leurs carcasses – avaient pu emménager là pendant mon absence. J'essayai de me dire qu'il ne s'agissait que d'une photo de Corbin Bleu ou d'un truc dans le genre que quelqu'un y avait glissé, et qu'en plus le temps pressait. Je savais que Marcy s'éloignait de plus en plus… et ça, c'était une motivation suffisante pour que je saute dans ce trou.

Car, si je ne me trompais pas, Marcy était le « paiement » que Melli allait verser à l'affreux médium.

Il semblait être le genre de type à aimer jouer avec sa nourriture. Cela devrait donc me laisser un peu de temps. J'espérais simplement que Marcy tiendrait le coup et que je trouverais une sorte de plan avant d'arriver à destination… une fois que j'aurais découvert quelle était la destination en question.

— Souhaitez-moi bonne chance, dis-je à Cassandra et à Trevor.

A ma grande surprise, plus de deux voix me répondirent. Cela me fit chaud au cœur. Je pris appui sur le bord et j'atterris lourdement en dessous.

— Tu sais, il y a une échelle, lança Trevor… trop tard.

— Ouais, merci, répondis-je, non sans ironie.

Je me redressai en m'en remettant à mes super pouvoirs de vampire pour faire partir la douleur de mon genou.

— Vous n'avez pas une lampe de poche ? demandai-je.

Mais personne n'en possédait, et je devais me débrouiller seule dans une obscurité quasi totale. Une fois que cette trappe se refermerait au-dessus de moi, cela ressemblerait à une éclipse du Soleil. Heureusement que je n'avais jamais eu peur du noir. Uniquement des créatures qui grouillaient dedans.

J'essayai de me concentrer sur un plan et non sur des images de souris, de cafards ou de mille-pattes. Surtout pas sur celles des mille-pattes. Toutes ces pattes… J'en tressaillis.

Après plusieurs pas à l'intérieur du tunnel, quelque chose m'effleura l'épaule, et je poussai un petit cri avant de m'apercevoir que ce n'était qu'un fil suspendu à un plafonnier. Je tirai dessus, et la trappe commença de se fermer. Ils avaient attendu que je trouve de la lumière. Si je passais devant un Starbucks sur le chemin du retour, après avoir secouru Marcy, ce serait cappuccinos pour tout le monde.

En attendant, la lumière soudaine me fit plisser les yeux. Je me trouvais dans un espace de type bunker, rempli d'étagères industrielles sur lesquelles étaient stockées suffisamment de marchandises pour que je puisse faire face à une apocalypse… si j'étais encore un être humain de base, s'entend. Je me demandai si le sang se conserverait bien et si Melli projetait d'entreposer ses propres donneurs pour le cas où elle serait un jour obligée de descendre ici. Le tunnel, cependant, se prolongeait, et je n'avais pas le temps d'explorer. Je me mis à trotter en espérant qu'il existait une autre lumière ailleurs.

Mon genou ne se remettait pas aussi vite que prévu et faillit bien céder après quelques enjambées. C'était flippant. Mais pas autant que la vague de vertiges qui s'ensuivit. Avec du recul, je n'avais pas mangé depuis des jours ; pas depuis que j'avais ressuscité. Les êtres humains, me dis-je, pouvaient se passer de nourriture pendant trois jours. Les vampires pouvaient-ils tenir plus longtemps ?

Grâce à ma seule volonté, je me mis à accélérer, courant à toute vitesse avec des bottes à talons aiguilles qui n'étaient pas destinées à cet usage, jusqu'à ce que j'atteigne le bout du tunnel. Au niveau du code musical, je n'avais personne pour m'aider. Je ne pouvais donc espérer que deux choses : a) que le code serait le même à cet endroit et b) que cela ne poserait pas problème que j'assure la partie musicale avec mes deux mains.

Je dus m'y reprendre à plusieurs fois, car la main gauche ne cessait de vouloir imiter la droite. Mais je finis par y arriver, et la trappe au-dessus coulissa, m'arrosant d'une fine pluie de terre. Je sortis dans les bois, mais plus loin, sur ma droite, il y avait un lampadaire, tel un phare me ramenant à la civilisation. Je courus dans sa direction… et je fus surprise de me retrouver sur le parking du lycée, à côté du gymnase et des terrains de sport. Ma surprise fut plus grande encore d'y trouver une voiture dont la portière s'ouvrit brusquement à mon approche.

Et à l'intérieur… Rick… l'air à moitié mort, mais Rick quand même. Pour la seconde fois en une heure, j'eus l'impression que quelqu'un m'avait réveillé le cœur avec, genre, mille volts et qu'il pourrait tout aussi bien exploser que redémarrer.

Rick était en vie. A peu près, en tout cas. Enfin, il n'était pas beau à voir : des cernes sous les yeux, un teint grisâtre, décharné comme s'il avait perdu moult kilos en une nuit, et ne réussissant à rester à peu près droit qu'en se retenant au volant d'une T-bird de couleur crème ; une merveille à côté de la chiotte de Bobby.

— Rick ! dis-je comme une imbécile.

— Monte ! répondit-il.

Je restai immobile, les yeux fixés sur lui.

— Mais qu'est-ce que… Comment ?

Il leva les yeux au ciel.

— T'as pas eu le message ?

Le message ? Ah oui, peut-être le truc croustillant au fond de ma botte.

— Euh… non.

— Bref. Viens. Connor a dit de passer te prendre.

Ça au moins, ça se tenait. Connor pouvait avoir simulé la mort de Rick et chargé ce dernier d'être ses yeux à l'extérieur. Mais comment avait-il su que je viendrais là ? Sauf si son message m'enjoignait de faire exactement ce que je faisais de toute façon. Le caractère inexorable de la chose avait un côté inquiétant, comme l'effondrement du marché des Beanie Boys.

J'étais saisie de frissons, mais je montai quand même dans la voiture. Qu'est-ce que je pouvais faire d'autre ? Il fallait bien que quelqu'un sauve Marcy.

Rick partit en trombe avant même que ma portière soit complètement fermée. C'est alors que je pris conscience qu'après tout, il n'était peut-être pas sur la même longueur d'onde que moi.

— On va sauver Marcy, hein ? demandai-je.

— Qui ? Peu importe. Je suis juste là pour faire le chauffeur.

J'espérai que le message de ma botte m'éclairerait un peu plus. Je me penchais justement pour en baisser la fermeture éclair lorsque Rick dit :

— Oh ! je t'en prie, mets-toi à l'aise.

— Dans tes rêves, dis-je d'un ton méprisant en secouant le papier chiffonné qu'avait modelé mon gros orteil. C'est tout ce que j'enlève.

— Dommage.

En dépliant le message, mon nez se plissa quelque peu avec dégoût.

Rends-toi au lycée. Quelqu'un te retrouvera là-bas. Tu veux sauver ton amie ; moi, je veux connaître la prophétie. Viens avec les infos ou abstiens-toi de venir.

Laconique, gentil et sans détours… avec seulement la partie « gentil » en moins. Le message ne disait pas vraiment que Rick serait le « quelqu'un » en question ni que je devrais lui accorder une confiance aveugle. Seulement qu'on me fournirait le moyen de trouver le médium et de le cuisiner au sujet de la prophétie. Bien entendu, j'avais omis de dire à Connor que je connaissais plus ou moins déjà la prophétie. Et Marcy n'avait intéressé Connor que dans la mesure où son sauvetage me servirait de motivation.

— J'aimerais savoir : pourquoi Connor a besoin de moi pour faire ses commissions ? demandai-je à Rick en l'examinant attentivement. Pourquoi est-ce qu'il ne te les fait pas faire à toi ?

Rick me lança un regard assassin.

— Tu ne sais pas grand-chose, toi, hein ? D'après ce que j'ai entendu dire, le médium n'aime pas les gens de mon espèce.

— Les hommes ?

— Les gens qui respirent.

— Oh !

Je songeai à cette réponse. Se pouvait-il, si le médium aimait en effet jouer avec sa nourriture, que les humains ne soient pas assez endurants ? Ils mouraient trop vite. Ce n'était pas gai.

— Tu ne m'as pas dit où on allait, dis-je enfin.

— Je ne sais pas exactement.

Et pourtant, il zigzaguait sur des routes secondaires comme s'il avait sa petite idée, sans cesser de s'appuyer au volant pour ne pas tomber.

— Connor a dit que tu saurais.

— Ah ouais ?…

Gâterie, murmura une voix dans ma tête ; voix qui faisait penser à des araignées aux affreuses et piquantes petites pattes, comme une invasion. *Viens, ma gâterie. Viens, petit, petit, petit. Deux pour le prix d'une. Toutes pour moi. Miam miam.*

— Tu sais que vous êtes surveillés, pas vrai ?

Rick poursuivait, comme si aucune voix ne le tourmentait. Nulle araignée ne grouillait dans sa tête.

— Excuse-moi ? réussis-je à demander, distraite.

— Quelqu'un, dit-il en me parlant comme à une débile, surveille le domaine de Melli. Le conseil, j'imagine. Tu pourrais peut-être mettre Connor au courant.

Ici, ma gâterie, continuait de chuchoter la voix, faisant grouiller dans mon cerveau des filaments noirs pleins de pattes.

Je grimaçai de dégoût.

— Beeeeeeuuuuurk !

Tout en moi hurlait de faire demi-tour et de fuir, pied au plancher.

— On est censés aller *vers* ça ?

— Vers quoi ?

— Ça, répondis-je, désireuse de me frapper la tête pour arrêter l'infestation psychique qui continuait son grouillement dans mon cerveau.

Les chuchotements semblaient se glisser dans toutes les allées sombres, ouvrant au passage la boîte de Pandore des peurs que j'avais mises sous clef.

— Tourne, dis-je, les dents serrées.

— De quel côté ?

En arrière, voulais-je lui demander.

— A gauche, répondis-je.

Rick prit la première à gauche, et l'on se retrouva sur un site industriel abandonné. Les phares balayèrent une barrière pleine de rouille qui en fermait l'accès. Rick s'arrêta net.

— Je ne vais pas plus loin, dit-il.

Je supposai que l'endroit avait fini par l'affecter aussi. Peut-être entendait-il quelques bribes des murmures désormais si forts, tellement encombrants, qu'ils noyaient presque le son de sa voix.

Malgré moi, je saisis la poignée de la portière et je titubais déjà sur le sol craquelé avant de pouvoir me raviser. Quelle que soit la nature de cette chose, je ne pouvais pas la chasser comme j'avais chassé le petit pouvoir auquel Connor avait voulu me soumettre. C'était plus primal et plus puissant que cela. Plus puissant que moi.

Si je survivais à cette épreuve, Connor allait morfler.

— Tu vas attendre ! répondis-je à Rick.

— Quelque temps, accepta-t-il… enfin, à peu près.

J'allais devoir m'en contenter parce que mes pieds me poussaient déjà en avant. Je ne pouvais m'empêcher de me demander pourquoi Connor ne cuisinait pas lui-même le père Fouettard si c'était aussi important à ses yeux. Peut-être craignait-il que Melli ne remarque son absence. Même si j'aurais pu parier qu'il n'avait pas la moindre envie de s'approcher trop près du médium marteau.

Je découvris que, si je résistais *vraiment* à ce pouvoir exercé sur moi, je pourrais m'empêcher de contourner cette barrière, de poursuivre dans cette allée qui menait au bâtiment dont la silhouette, au loin, n'était qu'un bloc… à supposer, bien sûr, que je veuille trembler, transpirer et danser la gigue comme une junky. Mais j'étais une femme investie d'une mission, alors je poursuivrais. Les phares de la T-bird illuminèrent l'allée conduisant à l'enfer… qui, contrairement à la croyance populaire, n'était pas du tout pavé.

Entre le manque de nourriture et la bagarre générale dont ma tête était le théâtre, j'avais du mal à tenir sur mes jambes en m'approchant du bâtiment. Lequel bâtiment, à première vue, aurait sans doute dû être condamné. *Viens, petit, petit, petit. Viens, gâterie.* Je n'avais jamais eu autant les jetons de ma vie, pas même lorsque j'avais passé la nuit d'halloween chez Larissa et que son petit copain avait bondi sur nous avec un masque de Freddy Krueger pendant que nous regardions toute la série des *Griffes de la nuit*.

— Casse-toi de ma tête ! hurlai-je.

Peut-être que j'espérais vainement que notre connexion psychique fonctionne des deux côtés et que je pourrais, en quelque sorte, le faire reculer. Mais, surtout, je n'y tenais plus. J'avais envie de noyer les chuchotements, ne fût-ce que pour une seconde.

Un rire hystérique emplit ma tête. *L'esprit d'une adolescente est en effet une chose terrifiante.*

La vapeur ne me sortit pas vraiment par les oreilles, mais c'était à deux doigts. J'avais hâte, à présent, de passer à la confrontation, et l'excitation me propulsa sur les derniers mètres qui me séparaient de la porte déformée de l'entrepôt. Elle était entrebâillée comme si rien, à l'intérieur du bâtiment, n'avait quoi que ce soit à craindre d'une absence de porte. Les fenêtres, bouchées avec des planches, n'offraient aucun indice sur ce qui s'annonçait.

Le bouton vers lequel je tendis la main, à l'instar du battant, avait été peint en noir et s'écaillait. Même avec le pouvoir auquel j'étais soumise, cela paraissait bien trop dégueu pour que j'y touche. Alors, je saisis le bas de ma camisole – ce truc était destiné à la déchetterie de toute façon – et je m'en servis pour tirer la porte vers moi. Elle fit entendre un gémissement, la peinture s'effritant tout du long.

A l'intérieur, il faisait nuit noire, en dehors de la lumière que je laissais entrer de l'extérieur et d'une lueur bizarre, plus loin, sur la droite. Mes yeux se firent à l'obscurité en un rien de temps, mais ils auraient pu s'éviter cette peine. Il n'y avait rien à voir dans cet endroit, sauf pour ceux dont les entrepôts abandonnés assurent le gagne-pain. Personnellement, les débris, les toiles d'araignée, la poussière à ne plus savoir qu'en faire et les affreuses bestioles qui détalent sur le sol, ce n'était pas trop mon truc. Sans parler de l'odeur. Si j'avais vraiment été obligée de respirer, je me serais probablement étranglée tant l'air était chargé de relents d'intestins vidés et de viande pourrissante, de sang et de moisissure.

— Y a quelqu'un ? appelai-je, mais sans trop élever la voix.

Viens, gâterie, fit la voix en me donnant la frousse. *Approche-toi de la lumière ; c'est pour mieux te voir, mon enfant.*

C'est ton freak show, répondis-je mentalement.

Le murmure de ma tête se tut aussitôt, comme si la voix écoutait, puis elle reprit :

— La vérité sort de la bouche des enfants.

Seulement, cette fois, la voix n'était pas à l'intérieur de ma tête… et ça ne valait guère mieux. C'était de nouveau le roucoulement haut perché. J'aurais parié qu'il rendait les chiens du voisinage complètement dingues.

Guidée par ce son, j'entrai dans une pièce sombre dont le seul éclairage provenait d'une lanterne posée au centre. Mon pied buta dans quelque chose qui roula devant moi. On aurait dit un os, même si je n'étais pas une experte en la matière. Un fémur, peut-être, ou quelque autre os long. Assez gros pour être… Mon cerveau refusa d'aller plus loin. L'os s'entrechoqua contre d'autres du même acabit, restes d'au moins plusieurs repas. Et là, recroquevillée dans un coin, se trouvait Marcy.

— Ça va ? demandai-je.

— Ou-ou-oui, répondit-elle sans conviction.

— Super. *Cours !*

Elle jeta un coup d'œil au père Fouettard, puis elle s'élança vers la porte. Je m'écartai pour la laisser passer, mais, d'un seul bond, plus digne d'une sauterelle que de n'importe quelle créature à forme humaine, le médium lui barra la route.

Marcy hurla lorsqu'il la saisit aux épaules et la repoussa violemment sur un tas d'ossements, comme si elle n'était qu'une poupée de chiffon. Je me baissai pour ramasser une arme, même si je doutais que cela me fût d'aucune utilité contre lui. L'objet ne me donnait guère le sentiment d'être beaucoup plus puissante que si je n'avais été armée que de ma fureur sauvage.

— On échange, dis-je en soupesant le… (je baissai les yeux) crâne.

J'eus un mal fou à ne pas hurler.

— Elle contre moi.

Il me regarda d'un air amusé, les yeux rougeoyant, désormais, comme ceux de Melli n'avaient jamais rougeoyé, et son rire démentiel se répercuta dans ma tête.

— A quoi bon, quand je peux vous avoir toutes les deux ?

— Il faudra me passer sur le corps.

— On y viendra, dit-il.

Je lui balançai le crâne, visant comme pour toucher mon pire ennemi lors d'une balle aux prisonniers. Tina venait juste de perdre son titre. Elle ne s'en remettrait pas, la pauvre.

Le crâne rebondit sur son torse. Ses yeux s'enflammèrent, mais ce fut l'unique réaction. Pas un seul tressaillement, pas même une toute petite grimace.

— Je pourrais bien cesser de te trouver amusante, menaça-t-il.

— Ça me chagrine beaucoup, parce que ton amusement, c'est ma raison de vivre… Oh ! j'avais oublié, je ne suis pas vivante.

— Gina ?

La voix de Marcy chevrota, mais cette fois je n'en fis pas cas, peu désireuse de changer l'objet de mon attention et celle du monstre par la même occasion.

— Gina ! dit-elle de façon plus pressante, sa voix trahissant un début d'hystérie.

Je m'aperçus alors que le sol bougeait... grouillait. Souris. Au pluriel. Marcy allait probablement piquer une crise et escalader les murs d'une minute à l'autre. Ça, je pourrais gérer, mais ses cris... Avec un peu de chance, le monstre avait des oreilles ultrasensibles.

Il ne fallait pourtant pas trop y compter.

— Hé ! mec, attrape !

Et je m'élançai vers lui en tirant, par la même occasion, la bombe de laque de ma ceinture. Au moment où il voulut me donner un coup de serres, je fis un roulé-boulé en saisissant la lanterne au passage. La bougie qui se trouvait à l'intérieur vacilla et répandit de la cire brûlante, mais elle ne s'éteignit pas. J'utilisai alors mon impulsion pour balancer, de toutes mes forces, la lanterne au sale type, pulvérisant un jet de laque super fixative pendant que la lanterne était en plein vol. L'air même s'embrasa.

— Cours, Marcy, *maintenant* ! criai-je en espérant que j'avais bousillé la vision nocturne du médium et que la distraction serait suffisante.

Les flammes, toutefois, s'éteignirent rapidement et, pendant qu'il les franchissait en se débattant, Marcy passa devant moi à toute vitesse pour gagner la porte. Freak-show fit un bond en avant, et je vaporisai la laque encore une fois, en plein dans ses yeux rougeoyants.

Son hurlement me creva le tympan. Je me jetai vers la porte tandis qu'il frappait à l'aveuglette en essayant de me soulever ou de me mettre en pièces. Dans tous les cas, je n'avais pas l'intention d'attendre pour savoir quelle option il choisirait.

Fendre, arracher, goûter, déchirer, tuer. Les pensées éclataient dans ma tête tel un vaisseau sanguin. Le père Fouettard avait le meurtre dans le cœur, et j'avais été désignée pour mourir.

Je courus. L'extinction des flammes m'avait plongée dans le noir complet, le temps que mes yeux se réadaptent, et je trébuchai sur des choses roulant sous mes pieds. On me grignotait les talons, et je songeai à des cerbères, même s'il ne s'agissait probablement que des souris qui m'éperonnaient.

Je surgis dehors au milieu de la nuit, soudain capable de voir, et je m'élançai vers Rick et la voiture. Mon amie était introuvable.

— Marcy ! criai-je en courant, mais personne ne me répondit.

On aurait dit que la nuit l'avait engloutie.

Elle n'était pas restée à attendre, et je ne le pouvais guère non plus. La créature ne devait pas être bien loin. Au moins, Marcy était en vie. Ça suffisait pour le moment.

14

Je me jetai dans la voiture et fermai la portière derrière moi en criant :

— Fonce, fonce !

Rick me regarda, stupéfié, mais passait déjà la marche arrière avant que les mots ne soient complètement sortis de ma bouche.

— Et ta copine ? demanda-t-il.

— Elle s'est échappée, dis-je en reprenant mon souffle pour parler.

— La prophétie ?

— Je l'ai, répondis-je.

Il n'était pas utile de lui donner le moment précis auquel j'avais obtenu ce renseignement qui, bien sûr, remontait à la fois où je m'étais cachée derrière les rideaux du bureau de Melli.

— Bien.

Je laissai ma tête retomber contre l'appuie-tête, incapable de la maintenir droite une seconde de plus. C'est l'adrénaline qui m'avait permis de tenir jusque-là, mais j'avais besoin de sang. Illico. Et pas du sang qui vienne de Rick : à le voir, une piqûre de moustique l'aurait fait tomber dans le trente-sixième dessous.

— Rick, il faut qu'on s'arrête quelque part avant que tu me ramènes.

— Pas question. On va s'apercevoir de ton absence d'un moment à l'autre.

— Ça m'étonnerait, marmonnai-je. Soit on s'arrête boire un coup, soit tu me sers de boisson, dis-je en élevant la voix et en lui serrant la cuisse… avec force. Pigé ?

Il déglutit et devint, pour autant que ce soit possible, plus pâle encore. Presque autant que quelqu'un qui, vampire depuis un an, est complètement décoloré par l'absence de soleil.

— Où ? demanda-t-il.

— Le centre commercial. Où voudrais-tu qu'on aille autrement ?

Me voilà de retour dans mon élément. Le centre commercial était un lieu sûr et sain, rempli de toutes sortes de lumières vives, de choses étincelantes et d'articles qui vous remontent le moral. Heureusement pour moi, ce serait ouvert tard, conformément aux horaires d'été, puisque la Pentecôte était déjà passée. Peut-être même que Marcy se dirigeait aussi vers cette destination. C'était l'instinct, comme nager à contre-courant pour le saumon ou bien savoir quelle jupe mettre avec tel chemisier.

Pendant que Rick conduisait, je regardais par la vitre en songeant encore une fois à ma vie d'avant. Serait-il vraiment si difficile d'y revenir ? Retourner à l'école en faisant une entrée fracassante avec des chaussures à talons qui en jettent et une jupe tellement fendue que personne ne serait en mesure de parler d'autre chose, y compris du fait que j'étais censée être morte ? Je voyais mal pourquoi j'aurais dû retourner à l'internat.

Marcy était partie et elle n'oserait pas revenir chez Melli. Personne d'autre ne m'adresserait donc la parole. Enfin, je reconnais que, un peu plus tôt dans la soirée, j'avais perçu le premier défaut dans la cuirasse de bon petit soldat que chacun portait lorsqu'ils m'avaient aidé à m'échapper pour voler au secours de Marcy. Chaz m'avait même lancé mes bottes. Et puis, bien sûr, il y avait Bobby. Je me rappelai soudain ses yeux bleu layette qui pouvaient me fixer avec cette attention très flatteuse pour l'ego, comme si j'étais la seule personne qui comptait. En plus, le garçon savait embrasser. Je préférais ne pas songer au type d'entraînement dont il avait bénéficié avant moi ou au fait que Melli-nome y avait pris part.

De l'autre côté, il y avait des cappuccinos et des boules au chocolat et au malt – remarquez que je ne pouvais plus en manger –, Becca, maman et papa…

— Tourne là ! commandai-je.

— Mais ce n'est pas la route pour aller au centre commercial... Tu as parlé d'un seul arrêt, protesta-t-il.

— On ne pas va s'arrêter. On va juste passer devant un truc.

Je ne m'attendais pas à trouver mes parents à la maison et je n'aurais pas su quoi leur dire si cela avait été le cas, mais je pouvais difficilement être aussi près sans aller y jeter un œil. En plus, la maison de Marcy était juste au bout de la rue, au coin de Jacoby et de Pine ; j'avais donc une excuse toute trouvée pour passer devant. Il se pouvait que mon amie soit venue de ce côté, en suivant le même instinctif retour aux origines ; instinct que j'ignorais posséder.

Nous n'arrivâmes jamais jusqu'à Pine. Les lumières de ma maison brillaient. Je fus saisie par une émotion vive en songeant qu'il n'avait fallu que quelques jours à mes parents pour m'oublier et reprendre une vie normale. Mais ensuite je remarquai une voiture de police garée plus loin dans la rue, juste devant la voiture abandonnée de Bobby que j'avais complètement oubliée.

Je me jetai sur l'idée que quelque chose d'autre avait fait revenir mes parents… comme peut-être les flics. Avions-nous, Bobby et moi, laissé la porte de derrière ouverte lorsque nous étions tombés en embuscade ? La maison avait-elle été cambriolée ? Quelqu'un avait-il été blessé ?

J'avais ouvert la portière de la voiture et mis un pied dehors avant que Rick ne s'élance pour saisir la poignée et m'empêcher ainsi de me précipiter. La voiture accéléra en faisant de violents zigzags, et la nuit de ma mort me revint tout à coup. Frappée de terreur, je me rassis brusquement, et Rick claqua la portière en reprenant le contrôle.

— Tu nous as fait quoi, là ? demanda-t-il sans cesser d'accélérer afin que je ne sois pas tentée de me jeter dehors.

— C'était chez moi.

— Et ?

— Il y avait la police à l'intérieur. J'en suis sûre.

— Et tu comptais… quoi ? Te montrer aux yeux de tous ? Tu ne crois pas que tes parents flipperaient ?

Je pensai à ma mère, qui se barricadait, quasiment, dans la maison lorsque les températures étaient en baisse.

Elle serait probablement super excitée en me voyant. Cette pensée faisait mal. Bien sûr, je ne leur avais pas accordé beaucoup d'attention quand j'étais vivante, quand rien n'indiquait que nous serions séparés, mais maintenant… Je me laissai retomber lourdement contre le dossier de mon siège, les bras croisés.

— Très bien, va pour le centre commercial. Il y a ce stupide café des sports, planqué dans un coin. Je pourrai peut-être m'emparer d'une des télés et zapper sur les informations locales.

— Tu plaisantes ? Ils seront en train de regarder le match. T'as envie de déclencher une émeute ?

Je ronchonnai.

— Le rayon électronique de la grande surface. C'est ma dernière proposition, dit-il.

Je haussai les épaules.

— Peu importe, mais grouille un peu. Il me faut de nouvelles fringues. Cette chemise pue le sang.

Le sien, en réalité.

Rick me lança un regard noir, ce qui, après le père Fouettard, paraissait tout simplement risible.

— Vos désirs sont des ordres, *princesse.*

— Je suis ravie que tu aies fini par saisir, répondis-je.

Dans un parking souterrain, Rick trouva un coin plongé dans l'obscurité et, moyennant un petit sprint, j'attrapai une fille qui était juste en train de monter dans sa Jetta. Rick observa toute la scène de façon un peu trop avide, comme s'il espérait assister à quelque « moment sexuel » entre deux filles, mais, tout ce qu'il vit, c'est ma donneuse se plier à ma volonté et s'enfoncer dans le siège du conducteur. En lui mordant le cou, le sang chaud afflua dans ma bouche. C'est à peine si j'y goûtai.

Seuls comptaient le picotement, le feu qui se répandait dans mes membres, la force capiteuse et la vitalité qui m'envahissait. Le soulagement me ramollit les genoux.

Craignant soudain d'avoir pris trop de sang, je relâchai mon étreinte lorsque sa tête retomba sur le côté. La peur m'éperonna le cœur. Je me baissai pour lui tâter le pouls, et elle poussa un gémissement en me donnant une sacrée frousse.

Aussi délicatement que possible, je la fis entrer entièrement dans la voiture et verrouillai les portières pour que personne ne puisse la déranger pendant qu'elle était inconsciente.

Je fis signe à Rick de venir, comme à un valet qui porterait les nombreux sacs bientôt en ma possession. Malgré l'inquiétude que j'éprouvais pour mes parents, le sang frais et la présence du centre commercial imprimèrent à mon pas un léger balancement.

— Tu ne vas quand même entrer à l'intérieur dans cet état, protesta Rick.

Je baissai les yeux sur les habits poussiéreux et froissés que je portais depuis des jours, sur la tache durcie, à l'endroit où le sang de Rick avait atterri, sur mes bottes que ma fuite précipitée avait éraflées.

— Tu disais ? Je ressemble à la fashion victim des damnés. Personne ne va me reconnaître. Et, si c'est le cas, dis-leur seulement que je suis en réalité ma jumelle maléfique.

— A vrai dire, vu ce nouveau look, ce sont aussi les vigiles qui m'inquiètent.

— T'as qu'à jouer les sentinelles si ça t'inquiète autant. Tu vois quelqu'un, tu me couvres.

— Et je fais comment ?

— Engage la conversation, décapite-les, est-ce que je sais, moi. Oh là là, comment est-ce que t'as bien pu avoir ton BEPC, toi ?

On aurait dit qu'il avait envie de m'étrangler, mais je me glissai à l'intérieur où les témoins étaient trop nombreux et je me dirigeai vers l'un des hypermarchés, en quête d'actualités et de haute couture. J'avais l'intention de passer d'abord par le rayon télés, je jure que c'est vrai, mais d'habiles agenceurs de magasin nous attirèrent à proximité des vêtements et ohhhh !... ce que ça brillait. Je fus attirée par le satin. Par la soie. Et par un minuscule kilt comprenant des boucles et de longues chaussettes assorties qui pourraient bien laisser Bobby sans voix.

La remarque de Rick au sujet des vigiles ne m'avait pas laissée indifférente. Alors, je me glissai dans une cabine d'essayage dès que je le pus, les bras chargés de vêtements, et ordonnai à mon camarade d'aller me chercher des chaussures.

— Du trente-huit. Pas de tons pastel.

Il maugréa, mais s'exécuta en se disant avec raison, j'imagine, que ce serait là le moyen le plus rapide de me faire sortir de cet endroit.

J'étais entourée de miroirs et dépourvue de reflet. Comment est-ce que j'allais bien pouvoir savoir ce qui m'allait ?

— Tu as entendu ça ? fit une voix dans la cabine juste à côté de la mienne.

Je me figeai au moment même où j'étais en train de retirer ma chemise en sang.

— Quoi ? répondit une fille, quelques cabines plus loin.

— C'était exactement la voix de Gina !

Becca… la douleur qui avait commencé dans ma poitrine à la vue de la maison illuminée de mes parents devint critique.

— Mais elle est *morte*.

— Je le sais bien, crétine.

L'autre voix appartenait-elle à Cindy McCallan ?

— Si elle comptait hanter un lieu, tu ne crois pas que ce serait le centre commercial ?

Cindy, si c'est bien d'elle qu'il s'agissait, pouffa. J'avais toujours détesté ça chez elle.

— Il va vraiment falloir que tu t'en remettes. Elle n'est plus là, d'accord ? T'es plus obligée de la prendre pour exemple.

— Je m'en suis déjà remise, dit Becca, agacée. Et d'ailleurs, c'est elle qui me prenait toujours pour exemple.

Je n'aurais pas pu respirer normalement, même s'il l'avait fallu. Mon père et ma mère de retour après moins d'une semaine… peut-être même avec une bonne raison…

Becca qui traînait cette idiote de Cindy, célèbre pour porter des chaussettes avec ses Crocs. Becca qui révisait entièrement notre histoire commune et *déjà remise de ma mort*. Etais-je aussi oubliable que cela ?

Finir de me changer me demanda de gros efforts, mais je tenais absolument à sortir de cette cabine d'essayage avant les autres. Je n'avais pas envie de me confronter à ma vie d'avant, au bout du compte, si la seule créature qui m'aimât encore était un chat en peluche orange.

C'est à peine, même, si je fis attention à ce que je portais : un débardeur brillant, un jean coupé droit. Je ramassai tout le reste et me précipitai… en plein dans Rick et ses boîtes à chaussures.

— Il y a quelque chose qu'il faut que tu voies, dit-il d'un ton sinistre.

Je me mordis la lèvre. Papa… maman…

Il me tira et je gagnai le rayon électronique au pas de course. Nous nous arrêtâmes net tous les deux devant un grand écran de télévision qui diffusait la photo de Bobby dans un coin, en haut à droite.

— Monte le son ! ordonnai-je à Rick, et il s'exécuta sans même protester.

« … recherché afin d'être interrogé sur la disparition, dans les cimetières environnants, de plusieurs cadavres. Chose curieuse, le suspect lui-même semble avoir disparu. Plus tôt dans la soirée, on a retrouvé sa voiture abandonnée devant la maison de la défunte… Brad, peut-on parler de victime à son égard si elle est déjà décédée ? » demanda la journaliste à son collègue.

Tout le sang que je venais d'ingurgiter s'écoula dans mon estomac, y formant un morceau dur et froid. Ils ne croyaient pas sérieusement que Bobby était impliqué dans ces disparitions !

« Je ne saurais trop comment la qualifier, Helen. Apparemment, le veilleur de nuit du cimetière de Shady Pines jure avoir vu la fille se transformer en courant d'air sans l'aide de personne. Elle fut identifiée à partir de cette photographie. »

Une photo de moi remplaça celle de Bobby dans le coin en haut. Elle avait été prise pour l'album de l'école lorsque j'étais en première. L'année de l'affreux bouton et la fois où mes parents avaient oublié de jeter un œil à l'option retouches. Ma vie était bel et bien terminée.

« A propos de courant d'air, il paraît que cette semaine va être torride. Passons l'antenne à… »

Je zappai.

— Il faut qu'on s'en aille, dis-je à Rick.

— Sans blague.

J'ouvris la marche, allant aussi vite que me le permettaient mes bottes. Les alarmes sonnèrent lorsque je quittai la grande surface, les bras chargés de vêtements, les antivols toujours accrochés, mais je ne m'arrêtai pas pour autant. Ces trucs-là se déclenchaient par erreur si souvent que presque plus personne n'y faisait attention. D'ailleurs, j'étais trop bouleversée pour m'en inquiéter. Il fallait que Bobby sache qu'on le recherchait pour l'interroger afin qu'il puisse s'innocenter… ou au moins rester caché. J'espérais seulement que, si mes parents avaient eu vent de toute cette histoire de veilleur de nuit, ils n'étaient pas en train de flipper. Cependant, si l'agent en polyester décrivait ma tenue… eh bien, ils la reconnaîtraient, pas vrai ? Il ne pouvait exister deux robes aussi laides dans le monde. Et si c'est la nouvelle de ma curieuse résurrection qui les avait fait revenir et non un cambriolage… alors peut-être que Touffu n'était pas le seul à m'aimer après tout.

Rick, étant dépourvu de talons aiguilles, arriva le premier à la voiture. Il revint me chercher et sortit du parking à tombeau ouvert. Il faillit renverser un duo d'aspirants gangsters dont les futes risquaient sérieusement de glisser le long de leur derrière, révélant des caleçons à rayures ô combien sexy.

***

Rick me déposa sur le parking du lycée, là où il était venu me chercher plus tôt.

— T'es sûre que tu n'as pas envie de me mordre et de te casser ensuite ? demanda-t-il avant que je m'échappe complètement.

Je roulai les yeux.

— Je suis incassable. Et j'ai des choses à finir.

En plus, bien que le mordre ne semblât pas une mauvaise idée, la perspective de m'ouvrir une veine en échange était tout simplement répugnante. Comme les chaussettes de sport qu'on n'a pas lavées pendant des semaines.

— Bon, je serai là chaque fois que Connor n'aura pas besoin de moi ailleurs ou que les vigiles ne me jetteront pas dehors. Tu vois, juste au cas où.

Je regardai Rick… Je le regardai vraiment. Décharné, hagard, la peau creusée autour des yeux. Mes défenses étaient dans un tel état après tous les coups que j'avais pris pendant la soirée que je m'autorisai vraiment à faire preuve d'attention.

— Tu vas bien ? demandai-je.

Il haussa les épaules et détourna le regard, mais j'étais contente d'avoir l'occasion de me préoccuper des problèmes de quelqu'un d'autre.

— Rick ?

— Bien sûr, répondit-il, la voix perçante et amère. Il suffit d'un nouveau rein. C'est comme ça qu'elle nous tient, tu vois, ceux qui ne peuvent pas se permettre de lui tenir tête et de l'ouvrir. On est obligés de tolérer les conneries qu'elle nous débite, en espérant et en priant d'être vampirisés. Guéris.

Guéris comme l'avait été la lectrice blonde ? Si Rick était au courant de cela – s'il avait en fait enquêté là-dessus, comme je le soupçonnais – sa situation devait être totalement insupportable. Jusqu'où était-il prêt à aller pour avoir un rein ? Je pouvais presque comprendre qu'il se soit montré aussi agressif dans la maison des horreurs de Melli. Si son temps était compté, la subtilité était peut-être un luxe qu'il ne pouvait s'offrir.

— Tu sais, si tu m'avais dit ça dès le début au lieu d'être aussi faux derche, je t'aurais aidé.

— Et pourquoi pas maintenant ?

Une partie de moi en avait vraiment envie, mais je ne lui faisais pas confiance. Après que ce bref instant de… d'émotion… se calmerait, peut-être serais-je en mesure d'y voir plus clair.

— Je ne peux pas pour l'instant. Avant de savoir à quoi m'en tenir et à qui faire confiance, je refuse d'engendrer une fripouille de vampire. Mais voilà ce que je te propose. Quand tout ça sera fini et que j'aurai réussi à libérer tous nos amis… et si tu m'assistes dans cette tâche…

Je n'en dis pas plus. C'était ce que j'avais de mieux à faire.

L'espoir s'alluma dans ses yeux, mais il esquissa une grimace, comme s'il avait mordu dans une pomme pourrie.

— Comment savoir si toi, t'es pas en train de me mener en bateau ?

Je le fixai droit dans les yeux.

— Ricardo Lopez, est-ce que tu m'as déjà vu un jour ne pas dire exactement ce que je pensais ?

Il réfléchit à cette question l'espace d'un instant.

— Non.

— Pourquoi est-ce que je commencerais maintenant ?

— Par commodité, répondit-il, mais sans réelle conviction. De toute façon, qu'est-ce que j'ai à perdre ?

Comme j'ai dit, je serai là quand je pourrai, au cas où t'aurais besoin de moi. Parle à Connor des chiens de garde. Je ne pense pas qu'ils soient au courant de la sortie par la trappe, mais ils surveillent toutes les autres.

J'opinai de la tête et fermai ma portière. Je ne savais pas à quoi Rick pourrait me servir. Pas encore. Une partie de moi voulait vraiment le rappeler, pour qu'on échange nos sangs au cas où les dégâts que Melli et son équipe avaient causés le tuent avant que je puisse le sauver. Est-ce que je savais, moi, s'il ne me faisait pas marcher ?

Mon moment de faiblesse était passé ; il allait devoir faire ses preuves avant que je lui donne ne serait-ce qu'une goutte de sang.

15

Je retournai à l'intérieur de la même façon que j'étais sortie, même si j'eus un mal fou à trouver le passage secret du dehors. Je me retrouvai à frapper le rythme par terre sur, genre, un kilomètre carré de bois, avant de réussir enfin à ouvrir la trappe. Lorsque j'y parvins, mes fringues flambant neuves étaient presque aussi souillées que mes anciennes. J'avais envie d'une longue douche brûlante pour faire partir la terre et les souvenirs.

L'ensemble de l'équipe Alpha, qui n'était pas en manœuvre, se pressa autour de moi lorsque la trappe coulissa. Ça mettait du baume au cœur.

— Où est Marcy ? demandèrent Pam et Vanessa à l'unisson.

— En lieu sûr, répondis-je en m'efforçant, d'une main, de ne pas salir mon sac de nouvelles fringues tandis que, de l'autre, je me hissais le long de l'échelle.

— En lieu sûr où ? Au centre commercial ? demanda un garçon en regardant mon butin.

Comme je ne me rappelais pas l'avoir vu au lycée, je me disais qu'il devait être en seconde ou en première. Il s'était fait raser les cheveux dangereusement près du crâne.

— Ouais, dis-je d'un ton ironique, elle joue les mannequins. Elle se cache au grand jour.

Il acheva de me désespérer lorsqu'il prit cette réponse pour argent comptant. Pendant que la trappe se refermait, Cassandra se pencha vers moi.

— Où, honnêtement ? demanda-t-elle à voix basse.

Les doubles portes, en s'ouvrant brusquement, m'épargnèrent d'avoir à répondre. Truc Un et Truc Deux, également connus sous le nom de « les malabars », se tenaient sur le seuil.

— Gina, appela Truc Un.

Juste un prénom, comme « Pink » ou « Madonna ».

Les gens rassemblés autour de moi restèrent immobiles, sans s'écarter comme ils l'avaient fait auparavant. Il se pouvait même qu'ils aient resserré les rangs.

— Qu'est-ce que vous lui voulez ? demanda Cassandra sur un ton de défi.

Les malabars échangèrent un regard, après quoi Truc Deux prit la mouche et dit :

— On se détend, elle va revenir.

Et j'y comptais aussi. J'avais déjà vaincu la mort et un médium carrément effrayant. Tout le reste, c'était du gâteau.

— Merci, murmurai-je à Cassandra. J'ai ça. Je peux te les confier ?

Elle se retourna, l'air d'être tout sauf assurée, mais elle prit les vêtements que je lui tendais.

Je passai délicatement devant mes protecteurs, émue qu'ils se soient interposés entre les gorilles de Melli et moi, ne fût-ce qu'un instant. Je me sentais comme le Grinch : non pas à la manière dont Seuss l'a dessiné, vert, ridé avec des chicots et sans pantalon, mais dans le sens où j'avais l'impression que mon cœur avait triplé de taille. J'avais de véritables amis, des gens prêts à me protéger contre les grands méchants. Peut-être qu'au bout du compte cette nouvelle vie n'était pas complètement à chier, malgré Melli-nome et sa joyeuse bande d'asociaux.

Ils semblaient tous m'attendre dans ce qui aurait pu être une salle d'entraînement au combat, tout en murs capitonnés portant la trace d'entailles et d'éraflures. Bobby se tenait au milieu, l'air égaré. Il y avait également une chaise à cet endroit, une seule chaise pliante gris acier dans laquelle Truc Un me poussa.

— Tu ne bouges pas, ordonna-t-il.

Je jetai un œil aux types qui surgissaient derrière Bobby : Fauconman, qui avait l'air complètement psychotique et très concentré, éprouvait la lame des couteaux qu'il portait en bandoulière sur la poitrine, comme une écharpe de Miss, version Rambo ; et Larry, qui tenait une épée et paraissait dans son élément, curieusement, comme s'il dirigeait des combats de D & D le week-end. J'avais l'impression d'être dans la peau d'une fille de neuf ans à qui on avait demandé de jouer la cible dans un spectacle de théâtre où le lanceur de lames avait la tremblote.

Puis, tout au fond encore, se trouvait le dragon, reculée dans un coin d'où elle pouvait observer tout en limitant au minimum les risques de dommages collatéraux.

Ce soir-là, elle portait un pantalon en cuir trop génial, qui lui allait comme une seconde peau, et un haut rouge qui descendait en un V si profond qu'il devait y avoir une bonne dose de scotch pour maintenir ses airbags.

— Désormais, on ne me résistera plus, dit Mellisande, le venin coulant presque de ses lèvres.

— Mais je ne suis pas télékinétique ! protesta Bobby en se tournant vers elle avec horreur. Pas au point que tu ne t'en aperçoives pas, en tout cas. L'objet le plus lourd que je puisse déplacer, c'est un crayon de bois !

Je n'étais pas persuadée que ce soit tout à fait vrai, pas si j'en jugeais par son enthousiasme lorsqu'il m'avait parlé de son pouvoir.

Je ne pouvais pas lui reprocher d'opposer de la résistance à Mellisande, mais, à la tension qu'on sentait dans la pièce, je craignais un peu de demander ce qui était arrivé à la dernière cible. Je ne pouvais pas imaginer Bobby laisser quelqu'un se faire tuer. Mais faire dévier suffisamment les lames des gorilles pour me sauver sans alerter Melli, ça voulait dire de la douleur et du sang. Sang que, peu de temps auparavant, je n'aurais pas pu me permettre de perdre. Je n'avais pas la moindre envie qu'on transperce ma personne.

— Eh bien, dans ce cas, tu ferais mieux d'apprendre, et fissa. Si tu ne réussis pas à arrêter les lames en métal, je serai obligée d'avoir recours à du bois durci au feu. Elle aura plus de mal à s'en remettre… si tant est qu'elle s'en remette. Ou alors, je peux simplement demander à Larry de donner un coup en direction de la gorge. Ça fait des années que je n'ai pas assisté à une bonne décapitation.

Melli se retirait vers le fond. Pendant ce temps, je retins dans ma tête ces imparables méthodes anti-vampires pour m'en servir le moment venu.

— Si tu n'arrives pas à contrôler les armes, contrôle les esprits, proposa-t-elle en guise de tuyau.

Les malabars se mirent également en position. Le mannequin tira un canif de sa poche arrière, et le prof se recula lentement à côté de Melli, peut-être pour mieux analyser l'action. Donc, en comptant les gorilles, on arrivait à trois contre un, avec la possibilité que deux autres participent aussi.

Le regard de Bobby croisa le mien ; je voyais qu'il essayait de trouver le moyen de me tirer d'affaire. Cela devait être suffisamment dur de contrôler trois personnes sans, par-dessus le marché, essayer de faire preuve de subtilité. Le dragon, d'ailleurs, venait d'écarter cette possibilité.

Elle ne lui laissa pas le temps de réfléchir à une autre.

— Allez-y ! commanda-t-elle.

Comme un seul homme, Fauconman, Larry et Truc Un passèrent à l'action. Le premier lança l'un de ses couteaux une demi-seconde avant que Larry et le Truc se précipitent sur moi, la soif de sang dans les yeux. Larry jeta un cri de bataille inarticulé, plus proche de la Princesse guerrière que de Conan le Barbare. D'instinct, je fermai les yeux et me préparai à l'impact.

L'absence de douleur frisa la déception. J'ouvris un œil, puis l'autre. Devant moi, figées dans les airs, il y avait les armes. L'espace d'un instant, le couteau de lancer resta en suspens avant de retomber par terre. Le canif et l'épée l'imitèrent, leurs propriétaires s'efforçant de les soulever comme s'ils pesaient des tonnes.

Mellisande se mit à rire. C'était un rire mauvais, mais cela ne faisait pas froid dans le dos comme l'amusement de son médium.

— Un bon garçon, ça, dit-elle. Il te fallait juste la motivation adéquate.

— Va te faire foutre, dit Bobby.

— Peut-être une autre fois, renchérit-elle.

— Salope, dis-je d'un ton hargneux.

— Du genre de celles qui n'hésiteraient pas à t'arracher la gorge en un clin d'œil, rétorqua-t-elle. Et ne va pas l'oublier.

Elle fit un bref geste de la main et, sans crier gare, Truc Deux – le prof – tira des choses de sa poche. Ce fut tellement rapide que je ne vis ce que c'était que lorsqu'elles volèrent dans ma direction. Bobby, distrait, relâcha les autres armes pour arrêter la nouvelle menace, et ce fut à nouveau l'effervescence. Seul Larry, qui hurlait à tout rompre, dirigeait son épée dans la direction de mon petit copain. L'indécision me paralysait. Devais-je crier pour avertir Bobby et risquer de le distraire ? Passer à l'action et risquer la même chose – dans la mesure où il ne pouvait rester concentré que sur l'endroit où il s'attendait à me trouver – ou bien rester immobile ? Mais il n'était plus temps de tergiverser. L'une des étoiles du professeur m'atteignit à l'épaule. Je tressaillis et évitai l'autre de justesse.

Bobby esquiva le coup d'épée et se retourna brusquement, lançant le bras pour faire valdinguer le couteau qui arrivait vers moi avec une puissance qui brisa aussi le canif de Truc Un. Larry se remit de son coup d'épée manqué et s'élança sur Bobby à nouveau. Au même moment, Truc Un changea de cible, prêt à étrangler mon petit copain à mains nues, même si l'une d'elles était en sang après l'explosion de sa lame.

Bobby émit un son comparable à celui que pousserait un grizzly acculé et lança une telle décharge de puissance que mes cheveux se dressèrent. Ma peau fut parcourue de frissons et de picotements, comme à la suite d'une friction vivifiante, et tout se figea dans la pièce. Rien ne bougeait, pas même une souris. Je voulus éprouver mes membres, mais je ne pus que cligner des yeux.

L'allégresse de Mellisande, figée sur son visage, s'évanouissait lentement. Je pris conscience qu'elle était en train de combattre cette puissance. Ses lèvres, lorsqu'elle parla, étaient serrées, comme si elle portait un masque de boue qui avait durci et son visage risquait de se craqueler au moindre mouvement.

— Tu m'appartiens, dit-elle tout haut.

Mais alors, Bobby tressaillit, le visage grimaçant comme s'il venait soudain de boire de l'eau trop froide. Sa bouche s'ouvrit comme s'il voulait reprendre son souffle, mais ses poumons ne contenaient pas d'air. La sueur, rouge sang, brillait sur son front, à la naissance des cheveux.

Lentement, très lentement, les autres se mirent à bouger à mesure que Bobby se déconcentrait. Il semblait coincé dans une sorte de lutte mentale que sa dame et lui se livraient pour avoir le contrôle.

Fauconman s'apprêtait à lancer un autre couteau, et Truc Deux, une autre étoile lorsque Bobby tomba sur un genou en s'agrippant la tête. Le temps s'accéléra de nouveau.

— Assez, dit Melli d'un air triomphant.

Cette fois, tout le monde s'interrompit.

— Ramenez la fille. Le garçon et moi, nous avons un tas de choses à nous dire.

Je retirai l'étoile de mon épaule et laissai le filet de sang en nettoyer la blessure. J'avais une envie folle de balancer le projectile au dragon, mais, avec ma chance, elle exercerait son contrôle sur l'esprit d'un de ses sous-fifres pour qu'il lui serve de bouclier. Remarquez que je n'étais pas, à l'égard de la plupart d'entre eux, habitée par de chaleureux sentiments, mais que se passerait-il si elle choisissait Bobby ? En plus, quelque chose me disait que cela ne ferait que la rendre furibarde. Peut-être même qu'elle essaierait de me contrôler, moi, et que mon seul et unique avantage – ma résistance à son hypnose – serait découvert avant qu'il puisse me servir à quoi que ce soit. Je laissai l'étoile tomber par terre et croisai le regard de Bobby, empli de souffrance, pendant que Trucs Un et Deux me sortaient encore une fois de la pièce. Le sentiment d'avoir échoué se trahissait sur le visage de mon ami.

Je lui marmonnai que ce n'était pas grave, mais il ferma les yeux et secoua la tête, refusant mon optimisme.

16

La nuit suivante, la maison était en plein tumulte. Aucun de nous, au sous-sol, ne savait ce qui se passait. Pas au début. Mais, peu après le coucher du soleil, on sonna à la porte et, quelques minutes plus tard, retentit le cri d'une femme. Puis on courut en tous sens, et quelques portes claquèrent. Aucune des équipes Alpha et Bêta ne fut appelée.

Après les événements des dernières nuits, la tension était palpable au dortoir. Certains jouaient aux cartes, d'autres bavardaient ou essayaient de lire les magazines incomplets, mais tout le monde, au fond, avait l'oreille tendue.

Deux filles de troisième ou de seconde s'approchèrent de moi, avec une certaine timidité, comme s'il m'avait suffi de faire « bou ! » pour qu'elles prennent la fuite. Lorsque je levai les yeux, la plus petite des deux prit la parole après avoir respiré un grand coup.

— Euh… salut. Euh… Marcy avait dit qu'elle nous ferait des tresses ce soir et, vu qu'elle est, euh… ailleurs, on se disait que peut-être toi, tu…

Je m'accrochai à elle comme à une planche de salut, et elle trembla comme une feuille.

— Ah ! merci, mon Dieu. Ça me rend tellement barjo de me demander ce qui se passe là-haut que j'étais sur le point de faire un truc givré. Assieds-toi.

Je retirai l'oreiller fin en mousse de mon lit et je le jetai par terre pour qu'elle puisse s'asseoir à son aise. Un sourire tremblant se dessina sur ses lèvres.

— Je m'appelle Katie. Et elle, c'est Di.

— Salut. Moi, c'est Gina, mais, j'imagine, vous êtes au courant.

— Ouais, à peu près, reconnut-elle. Est-ce que t'as vraiment couché avec toute l'équipe de foot ?

Tina Carstairs, j'allais la tuer… avec du métal. Comme ça, elle guérirait, et je pourrais la tuer à nouveau.

— Tu me confonds avec une autre, dis-je avec douceur.

— Oh !

Elle rougit.

— Désolée.

— Assieds-toi, commandai-je.

Sa copine Di me tendit une brosse. Il se peut que je me sois montrée un peu… énergique au début ; mais, après quelque temps, travailler sur ses cheveux avait un côté apaisant. Ils étaient épais et d'un très joli châtain qui allait avec ses yeux marron. Pour les taches de rousseur… eh bien, le fond de teint pourrait faire l'affaire. Cela la ferait peut-être passer de « mignonne » à « canon », surtout avec du rouge à lèvres cuivré et nacré, et peut-être aussi du blush pour les joues. D'un autre côté, les taches de rousseur ne lui allaient pas si mal.

— Qu'est-ce que tu veux ? demandai-je. Des tresses indiennes ? Africaines ? Des nattes ?

— Euh… peu importe.

Et il lui faudrait absolument se débarrasser de ce « euh ».

Je lui fis une double tresse que j'arrangeai en un chignon classique. On aurait dit une danseuse étoile. Pas trop mon truc, mais cela la rendait délicate et raffinée plutôt que simplement « mignonne » qui, comme chacun sait, était un autre mot pour dire « restons amis ».

Puis, ce fut le tour de Di. Mais elle avait un peu les traits rudes, et une tresse aurait fait bien trop sévère. Elle aurait eu l'air de la bibliothécaire qu'on n'avait pas envie de contrarier.

— Qu'est-ce que tu dirais d'une coupe ? demandai-je.

Di se balança d'un pied sur l'autre.

— Comme quoi ?

— Je pensais à une frange. Tu as un front relativement haut : une frange te radoucirait complètement le visage.

— Euh…

Je la regardai dans les yeux.

— Tu comptes garder la même coiffure pour toute l'éternité ?

Après une grimace, elle s'affala sur l'oreiller que son amie avait laissé vacant.

— Quelqu'un a des ciseaux ? criai-je.

Je levai les yeux et m'aperçus qu'on avait rassemblé un minipublic de filles qui formaient un semblant de queue à l'endroit où Di s'était tenue.

— Un coupe-ongles, proposa l'une des filles.

— Rien d'autre ? demandai-je, optimiste.

Tout le monde se regarda, mais il n'y avait pas de paire de cisailles à l'horizon.

— Va pour le coupe-ongles, alors, dis-je en remerciant la fille qui l'avait proposé.

Ce ne fut pas simple, et il me fallut presque y aller mèche par mèche, mais, à la fin, Di avait une frange relativement crédible. Je fis bouffer un peu ses cheveux autour de son visage, en repoussant le gros de la chevelure sur la droite, ce qui donnait un côté asymétrique et aguicheur, puis je modifiai la partie centrale pour faire la même chose. On aurait vraiment dit une autre personne.

— Demain, maquillage, dis-je, ne tolérant aucune résistance.

Elle opina de la tête et se leva en rebondissant quasiment pour obtenir d'autres avis dans la mesure où les miroirs étaient totalement inutiles.

— A moi ? demanda une fille pourvue d'une atroce coupe à la Jeanne d'Arc.

Même sur Catherine Zeta Jones dans *Chicago*, ce n'était pas vraiment une réussite. Des coupes pareilles auraient dû être interdites par la loi il y a des lustres, au même titre que les choucroutes, les nuques longues et les « faux-hawks » – cette coupe faite pour les mecs pas assez énervés pour oser la totale, la crête iroquoise, qui, à moins qu'on soit un punk, était encore un look suspect, selon moi.

— Tu me fais confiance ? demandai-je.

Elle pivota sur l'oreiller pour m'examiner.

— Peut-être ?

— On s'en contentera, dis-je. Tourne-toi.

Avant qu'elle puisse se raviser, je me mis à couper.

— Ne bouge pas, ou je pourrais bien t'entailler l'oreille, lui dis-je.

Notez que cette menace aurait eu beaucoup plus de poids si elle avait été encore humaine et que sa guérison n'eût dépendu que de facultés naturelles.

Je lui fis une coupe à la garçonne vraiment moderne. Elle avait l'air tout à fait in désormais, prête à monter son groupe de rock.

Je souris. J'arrivais presque à oublier l'endroit où j'étais et les raisons qui m'y avaient conduite. Gina Covello, embellissant le monde, une fille à la fois.

C'est alors que les doubles portes s'ouvrirent encore une fois. Comme toujours : les ennuis. Cette fois, Bobby était présent, entouré de quasiment toute la cour de Mellisande.

— Tu as deux minutes, lui dit cette dernière.

Je me levai et enjambai la fille qui s'était assise pour prendre la place de la garçonne.

— Gina, souffla-t-il en me retrouvant à mi-chemin, mais en ne me tenant que par les mains afin de pouvoir mieux voir mon visage, comme s'il essayait de le garder en mémoire.

— Je dois y aller. Ils m'envoient… (il regarda pardessus son épaule dans la direction du dragon, et sans nostalgie) quelque part, pendant un temps. Je ne voulais pas partir sans te dire au revoir.

Le conseil. J'en étais certaine. Melli-nome leur remettait Bobby. Mais pourquoi ? Si elle complotait quelque chose, comme tout ici semblait l'indiquer, ne voulait-elle pas l'avoir à ses côtés plutôt que contre elle ?

— Tu reviens quand ? demandai-je.

Il m'attira alors à lui et me prit dans ses bras. Je respirai cette odeur musquée qui lui était propre et le serrai fort.

— Je ne sais pas. *Mais j'essaierai de te donner des nouvelles,* dit-il dans ma tête. *Je ne sais pas trop bien jusqu'où s'étend mon pouvoir.*

Je tentai de ne pas réagir, mais j'en fus abasourdie. Je me demandai depuis combien de temps ce pouvoir-là s'était développé. Entre Connor qui m'envoyait des grogs en pensée et le monstre médium qui insinuait dans mon esprit d'immondes créatures, j'aurais peut-être dû m'accrocher un panneau « A louer », histoire d'en profiter aussi.

Frappe avant d'entrer la prochaine fois, lui répondis-je en pensée, pas bien sûre d'avoir envie qu'il entende. Le « billet aller », c'était une chose, mais je ne crois pas que j'avais vraiment envie qu'un petit copain puisse lire mes pensées. Rien que ma langue m'attirait déjà suffisamment d'ennuis.

Puis il m'embrassa, et ce fut quasiment l'un des plus beaux baisers de tous les temps, digne du septième art… à l'instar de MJ et de Spider-Man, sauf qu'on était tous les deux à l'endroit. Bobby aurait adoré cette idée ; d'ailleurs, je pus difficilement m'empêcher de me demander si elle m'appartenait vraiment parce qu'en général, je n'étais pas très calée question super-héros. Pour ma défense, ceci dit, Tobey Maguire avait des yeux bleus mortels. Mais je ne songeais pas vraiment à Tobey Maguire alors. Enfin, pas tant que ça, en tout cas. Bobby me mordillait la lèvre inférieure, caressant mon nez avec le sien, ses mains presque semblables à des griffes dans mon dos. Je me souvenais très précisément comment je m'étais retrouvée à fricoter avec lui après le bal de fin d'année. Ce garçon était canon !

— Ça suffit, coupa le dragon, la voix trahissant une irritation très perceptible. Tu les as faits, tes au revoir.

Seulement, Bobby ne lui prêta pas la moindre attention. Elle claqua des doigts, et je sentis tous ses membres se raidir. Lentement et à contrecœur, il me quitta pour aller vers elle.

Larry et Fauconman lui saisirent chacun un bras avant qu'il puisse regimber.

Etant donné que, juste après être allée sauver Marcy on m'avait emmenée de force pour faire office de cible dans les jeux sadiques de Melli-nome, je n'avais pas eu du tout l'occasion de faire mon rapport à Connor. Je ne pouvais qu'espérer qu'il me chercherait ce soir-là, car je voulais moi-même des réponses. Toute cette histoire était allée trop loin. Des jeunes qui brûlent de devenir les joyeux larbins de Mellisande, c'était déjà suffisamment inquiétant. Des jeunes comme Marcy qui disparaissaient de façon permanente – en théorie sinon dans les faits –, c'était encore une tout autre histoire. Le dragon m'avait donné beaucoup trop de raisons de me méfier d'elle. Elle jouait à un jeu dangereux avec ce mystérieux conseil : elle intriguait, bâtissait une armée, stockait des armes. Je n'avais pas envie que mes amis servent de chair à canon dans la lutte, quelle qu'elle fût, qui se préparait, et l'idée que mon petit ami se trouve en première ligne ne m'enthousiasmait guère.

Bien qu'on ne sût pas trop à quoi s'en tenir, on continuait de faire la queue devant mon lit pour mes services d'esthéticienne amateur, mais j'avais la tête ailleurs. Lorsque Connor me fit venir, genre, une heure plus tard, j'étais vraiment à bout de nerfs. Je commençais à envisager sérieusement le rongement d'ongles comme passe-temps.

— Qu'est-ce que tu as appris ? demanda-t-il aussitôt, dès que je fus près du cachot, là où Bobby et moi, nous nous étions bécotés à peine quelques nuits plus tôt.

Je le frappai. J'ignore qui de nous deux fut le plus surpris. Il ne s'agissait que d'un coup dans le bras, mais quand même…

— Comment as-tu pu la laisser expédier Bobby ? demandai-je, très peu satisfaite du ton très plaintif de ma voix.

Il me regarda en plissant les yeux.

— Tout cela fait partie du plan. T'inquiète, il ne restera pas là-bas longtemps.

— Ça veut dire quoi ? demandai-je, bien plus emballée par la touche belliqueuse de mon ton.

— Ça veut dire que la présence de Bobby auprès du conseil ouvrira des portes.

Exactement comme dans la prophétie, me dis-je.

— Je n'en dirai pas plus. Maintenant…

— Et toute cette agitation qu'on a entendue plus tôt dans la soirée… c'était quoi ?

Il poussa un grognement.

— Dis-moi…

Je sentais qu'il essayait de me contraindre, mais ses efforts relevaient de la vaguelette comparés à la puissance tsunami de Bobby.

J'attendais qu'il se souvienne.

— Non, dis-je.

— Très bien, éructa-t-il. Nous avons reçu un *cadeau* du conseil qui nous a convaincus d'avancer notre calendrier.

— Quoi ? demandai-je, l'accent mis sur « cadeau » ne me plaisant pas du tout.

Une joie sadique illumina ses yeux.

— Quelqu'un que tu connais peut-être, je pense… une partie d'elle, en tout cas. Elle a été scalpée.

— Marcy ? demandai-je avec horreur.

Rick avait dit que le conseil surveillait. Ils avaient dû voir les gorilles de Melli emporter Marcy et avaient attendu les bras ouverts quand elle avait échappé au médium marteau. Je n'avais réussi qu'à la faire tomber de Charybde en Scylla. J'en avais les jambes qui flageolaient. Mais, après, je pris conscience que… en sa qualité de vampire, elle pourrait se remettre complètement d'un scalp, même si c'était, genre, un sort pire que la mort. Car Marcy serait anéantie. Elle leur aurait également raconté, soit sous la torture, soit par manipulation, tout ce qu'ils voulaient savoir sur l'organisation de Melli la malodorante. C'était d'ailleurs sûrement là le message que le conseil voulait faire passer en envoyant son scalp.

— C'était une assignation. Mellisande comparaîtra pour jurer fidélité au conseil et s'unir, elle et les siens, au conseil. Sinon, elle sera écrasée.

— Mais s'il ne faut que jurer…

— C'est pas aussi simple que ça. Le rituel même est un engagement. Maintenant…

Tel un oiseau de proie, il fondit pour m'attraper les bras, avec suffisamment de force pour y laisser des bleus.

— *Dis-moi.*

Derrière ces mots, cette fois, il n'y avait aucun pouvoir, simplement une menace claire. Je n'avais pas peur, mais j'en avais terminé avec lui.

— C'est Bobby qui compte, d'accord ? Il est une sorte de clef.

Et moi, je suis le chaos, pensai-je, *entends mon rugissement.*

— Tu disais qu'il ouvrait des portes. Eh bien, le médium a dit la même chose.

— Donc, Mellisande triomphera ? demanda-t-il.

Je haussai les épaules.

— Il n'a pas dit ça de façon aussi précise. Il a juste parlé du garçon qui s'interroge sur l'univers qu'il tient dans ses mains, sur les portes qu'il ouvre et les changements qu'il provoque.

— C'est tout ? Rien d'autre ?

Il m'agrippa de plus belle.

Je m'indignai.

— Tu as déjà essayé de parler à ce mec ? C'est comme Jack l'Eventreur, Hannibal Lecter et Human Bomb réunis, le charme en moins. Et son haleine… franchement, ce serait trop lui demander que d'utiliser du rince-bouche ?

Connor donnait l'impression de ne pas avoir eu son content de renseignements.

— Tu es sûre ? demanda-t-il.

— Il m'a aussi beaucoup appelée *gâterie* et *petit, petit, petit* et a essayé de me manger.

Bizarrement, cette réponse semblait lui convenir beaucoup plus, comme s'il avait enfin la certitude que nous parlions du même psychopathe.

— Très bien, la clef, dit-il, les yeux dans le vide. Agent de changement.

Il ne s'adressait plus à moi. Plus vraiment. J'avais cessé d'exister.

— Je peux y aller ? demandai-je.

Il me chassa d'un geste de la main, comme si j'étais un moustique, et je me frottai le nez avec un certain doigt qui fait bondir professeurs et parents… Il ne s'en aperçut à aucun moment.

De retour au dortoir, je marquai une pause avant de laisser les portes se refermer derrière moi. Côté couloir, elles s'ouvraient sans problème, mais c'était plus difficile de l'intérieur. Je pourrais faire sortir tout le monde illico si seulement je disposais d'un endroit où tous puissent se terrer jusqu'à l'aube. Ou alors je pourrais prendre la tête d'une marche contre le conseil… si seulement je savais où le trouver. Peut-être que Rick… ? Tout le monde, cependant, ne tiendrait pas dans sa voiture, pas tous à la fois, et je ne pouvais pas être sûre qu'il serait là quand j'aurais besoin de lui ni qu'il tiendrait sa langue.

D'un air pensif, je laissai la porte se refermer. Nous pourrions toujours nous échapper par la trappe s'il le fallait. Mais une stratégie serait la bienvenue.

Je fus assaillie pratiquement dès que j'entrai.

— Quoi de neuf ? demanda Trevor, le futur militaire qui m'avait aidée avec l'ouverture de la trappe.

Je levai les yeux sur lui et j'ignore ce que trahit mon visage, mais il se recula d'un pas, à peine.

— A ce point-là ?

— Le conseil détient Marcy… et Bobby.

Silence.

— Le conseil ? demanda Di, non sans hésitation.

Elle était vraiment beaucoup mieux avec une frange.

Ah oui, le conseil ; personne n'avait été mis au parfum. Je pris une décision rapide.

— Bon, tout le monde s'assoit, commandai-je en m'éloignant de la porte afin que tous en fassent autant.

Vu comment cela résonnait à l'intérieur, j'espérais que personne ne réussirait à distinguer les mots proprement dit, même en tendant l'oreille, mais je n'avais pas l'intention de prendre le moindre risque.

— Oh ! un conte de Noël ! lança Tina d'une voix chantante.

— Tu l'as vu, celui-là, répliquai-je.

— Dans tes rêves, dit-elle avec un sourire méprisant.

— Non, dans les tiens.

Elle ouvrit la bouche et la referma comme une carpe, mais aucune réplique n'en sortit. Je m'attribuai un point imaginaire et je m'assis sur l'un des lits de camp. Les gens s'installèrent autour de moi. Mes yeux passèrent d'un visage à un autre, en essayant de déceler les éventuels mouchards ou fayots… en dehors de Tina. Elle était capable de tout, mais si j'arrivais à lui faire voir… si j'arrivais à tous leur faire voir…

— Ecoutez. Mellisande, malgré les apparences, n'est pas la quintessence des vampires. Il existe un conseil, et Mellisande est dans leur ligne de mire. Ils veulent l'écraser ; elle veut prendre le pouvoir. On va se retrouver coincés entre les deux.

— Ou alors on pourrait, coupa Tina, péter quelques dents, finir dans l'équipe gagnante et vivre comme des reines.

Je la toisai.

— Voyons voir. Jusqu'ici, vous avez été traités comme (a) des invités d'honneur ou (b) des détenus ? Je veux dire, bien sûr, qu'il n'y a pas de devoirs à faire à la maison et vous avez le vivre et le couvert. Mais c'est quoi toute cette histoire d'Alpha et de Bêta ?

— De l'exercice, répondit-elle. Tu pourrais peut-être essayer un jour.

— Certains d'entre nous ont la chance d'avoir un métabolisme naturellement élevé, lui dis-je doucement.

Depuis la puberté, en réalité, je n'avais pas été capable, ne serait-ce que de regarder du chocolat sans le payer ensuite à la salle de sport. Mais elle n'était pas obligée de savoir ça.

Les doubles portes s'ouvrirent à nouveau, et la culpabilité était dans tous les regards, comme si nous étions en train de faire quelque chose de mal, quelque chose qui pourrait entraîner un châtiment. Je crois que rien ne contribua plus à faire effondrer le conte de fées dans lequel vivait Tina.

— Equipe Alpha, c'est à vous, dit Larry en entrant dans la salle à grands pas, accompagné de Godzillette. Gina, aujourd'hui, tu participes.

— Mais je n'ai…

— Rien de mieux à faire, dit Godzil.

Si j'avais été moins lucide, j'aurais cru qu'elle tentait de me sauver de moi-même.

Je levai les yeux au ciel, mais je me rangeai dans la queue. Je me disais qu'au pire je perdrais un œil dans un combat de paintball. Il repousserait. Dans le meilleur des cas, peut-être que j'obtiendrais des indices sur d'autres éléments de ce cirque. Au moins, je ne resterais pas à ruminer et à transformer mon visage en un chantier de rides.

Godzil et Larry exécutèrent leur petit rythme « compliqué » sur la trappe, et nous pénétrâmes dans le tunnel comme les dix-sept nains. Une fois à l'intérieur, Godzil ouvrit une armoire – que je n'avais pas remarquée lors de mon expédition précipitée pour retrouver Marcy – et en sortit des armes, des tas. Tandis que nous défilions, Larry et elle distribuaient des arcs, mais gardaient pour eux les flèches dans des carquois qu'ils portaient en bandoulière dans le dos. Puis ils tirèrent des sacs à dos remplis de quelque chose d'entièrement différent. J'ignorais ce que c'était. Ils en sortirent, non sans mal, des cibles en forme de torse et comprenant une tête au lieu des cercles standard. Je regardai autour de moi, mais personne ne réagit, ce qui signifiait qu'ils avaient déjà vu ces cibles auparavant. Elle me faisait flipper comme pas possible.

Le tunnel nous recracha, comme prévu, sur les terrains de sport du lycée Mozulla. Heureusement que le budget de l'école ne permettait pas d'embaucher des vigiles pendant la nuit. Et il était bien trop tard pour que de véritables équipes sportives occupent les lieux. Lieux que les autres bâtiments et les arbres dissimulaient aux voitures qui auraient pu passer dans les parages.

Tout d'abord, Godzillette m'attira à l'écart… très, très loin, ne faisant apparemment pas confiance à mes talents d'archer. Je tournai la tête vers les autres : Larry était en train de les diviser en trois groupes et de distribuer… des pistolets ?... Je songeai aux taches que le paintball avait laissées sur la camisole de Marcy, mais ces armes-là ressemblaient plus à des pistolets à eau, ce qui était totalement surréaliste. Un second groupe reçut des bâtons pointus, et le troisième faisait la queue devant l'autre cible.

— La Terre appelle Gina, dit Godzillette en me frappant la tête comme on frappe à une porte. Il faut que tu te concentres.

Je lui lançai un regard noir.

— Ce qu'il me faut, c'est une séance manucure/pédicure et des réserves de crème hydratante jusqu'à la fin de mes jours. Ce régime constitué uniquement de sang, ça assèche un peu.

— Eh bien, princesse, je ne vais pas te dire le contraire. Si tu as le moindre instinct de conservation, tu me laisseras t'apprendre à tirer.

— Très bien, si ça te dit.

Avant de me tendre l'arc, elle me montra comment le tenir avec la main gauche : avec fermeté, mais en veillant à laisser de l'élasticité.

Je fis une tentative. Oh ! tenir… pas facile. La main de Godzillette fusa, avec une rapidité quasiment vampirique, et me fit lâcher l'arc des mains.

— Il faut serrer plus fort que ça, me dit-elle.

Nouveau regard noir.

— Je n'étais pas prête.

— Alors, prépare-toi. Et vite.

— Pourquoi ?

Mais elle se contenta de secouer la tête, ramassa mon arc et me le tendit à nouveau. Je serrai plus fort, jusqu'à ce que le bois se mette, semblait-il, à gémir, et je relâchai.

— Maintenant…

Elle me montra comment tenir la corde entre le premier et le deuxième doigt, juste au niveau de la première articulation et comment viser. Il n'y avait qu'un seul problème.

— Euh, Godzil ?

Elle me regarda très bizarrement, et je pris conscience qu'elle avait sans doute un vrai nom.

— Carrie, rectifia-t-elle.

— Tu plaisantes ?

Je la regardai droit dans les yeux en me disant qu'un larbin du mal devrait avoir un nom bien plus dur, comme… je ne sais pas, Charlie ou Max ou *Godzillette*.

Elle me fusilla du regard.

— Ça va, ça va. Si ça convenait à Stephen King…

— Quoi ? demanda-t-elle, la voix tendue.

— Quoi, quoi ? répondis-je.

— T'avais une question ?

— Ah oui. Euh… qu'est-ce que je fais des lolos ?

— Quoi ? demanda-t-elle à nouveau.

— Tu sais bien… la poitrine, les airbags, les nibards, les nichons.

Mes yeux tombèrent sur son justaucorps académique.

— Oh ! euh… si ça se trouve, tu sais pas.

Elle montra les dents et produisit un grognement tout à fait convaincant.

— Si ça te tracasse, tu n'as qu'à les attacher, dit-elle avec humeur.

Je fis la grimace.

— Laisse tomber.

Elle haussa les épaules, me tendit un arc et mit un point d'honneur à s'écarter loin, loin de la trajectoire de mon projectile, genre derrière moi et bien sur les côtés.

— Maintenant, arme la flèche, aligne le devant de la tige avec le viseur, tire sur le bout jusqu'à ce qu'elle soit au niveau de ta bouche, vise et laisse partir.

Je m'exécutai et hurlai de douleur en laissant tout tomber par terre. La flèche partit, mais pas loin, vu qu'elle avait laissé une partie d'elle-même derrière, enfoncée dans mon doigt.

De fausses plumes chamarrées me raillaient, sortant de mon doigt comme une écharde bariolée.

Je m'attendais à trouver du mépris sur le visage de Godzil, mais, au lieu de cela, elle grimaça.

— Bienvenue au club. Tu guériras, dit-elle en m'arrachant la plume sans faire cas du cri de douleur que je poussai.

— Il faut que tu relâches vite et tout de suite. N'hésite pas.

J'*hésitais* à envisager une mutinerie, mais, comme ce n'était ni le lieu ni le moment, je fis de mon mieux pour apprendre l'antique moyen de se débarrasser d'un ennemi. Je n'aimais pas trop les pistolets, mais les balles en bois auraient facilité énormément les choses… même si les commander n'aurait pas manqué, j'imagine, de faire jaser ; sans compter qu'elles ne sont sans doute pas très aérodynamiques.

Je m'en tirai beaucoup mieux avec les pistolets à eau, m'étant entraînée avec la bombe de laque contre le médium marteau. J'imaginais qu'en cas de réelle urgence, ils seraient remplis d'eau bénite ou d'eau aillée ou d'un truc aussi toxique. La lutte à coups de bâtons pointus… euh… mieux valait en dire le moins possible. Il s'agissait en fait de trucs, genre piquets de tente en plastique. Je suppose que c'était pour éviter qu'on ne transforme son prochain en poussière, que ce soit de façon accidentelle ou volontaire. Tina, dont la méchanceté naturelle ressortait, s'en tirait haut la main, en réalité. C'était donc une bonne chose qu'on ne nous ait pas mises ensemble.

J'avais l'impression de vivre le plus long cours d'EPS de tous les temps. Lorsque Godzillette mit un terme à la séance, je mourais de faim à nouveau, prête, quasiment, à lui sauter à la gorge. Mais je craignais qu'attaquer un larbin de Melli ne me vaille d'être réduite en poussière. Qui, alors, sauverait tout le monde des catastrophes, vestimentaires et autres ? Godzil resta en retrait et laissa Larry faire passer les petites bouteilles d'eau en plastique qu'il tira de l'un des sacs à dos. Elles étaient remplies d'un liquide tellement noir que les lumières qui entouraient les terrains de sport ne passaient pas au travers. Je supposai qu'il s'agissait de sang et je tressaillis à l'idée de le boire à température ambiante, comme si c'était du Cacolac ou un truc dans le genre. C'était complètement barbare. Cela n'empêcha pas mes canines de pousser. Mais cela suffirait à peine à apaiser la faim. Est-ce que c'était là tout ce qu'on nous donnait ? Est-ce que Melli la malodorante nous maintenait, genre, au bord de la famine ? Cela ne semblait pourtant déranger personne :

ragaillardis par l'exercice, ils n'imputèrent probablement la fatigue qu'à un labeur honnête. Moi, par contre, j'avais puisé ma dose dans de véritables veines. Je voyais la différence.

Tout en grimaçant, j'avalai ma bouteille en un rien de temps. En deux, ou peut-être trois gorgées, sans songer à la température ou à la consistance qui était bien plus... épaisse... en bouteille. C'est à peine si mes canines diminuèrent. Alors, je me mis à observer Godzil de nouveau – je n'arrivais tout simplement pas à l'imaginer en Carrie – pour le dessert. Je me demandai quel était son salaire pour que, à l'instar de Rick, elle se laisse exploiter. En dehors de ses goûts vestimentaires, elle paraissait relativement saine d'esprit. Peut-être que Melli payait bien.

Elle parut deviner mon regard et détourna les yeux du groupe pour m'observer.

— N'y pense même pas. Une fois que le plan de Melli sera mené à bien, tu pourras boire ta dose.

Elle éleva légèrement la voix :

— Alors, vous pourrez tous boire votre dose.

C'était une motivation puissante, pour moi en tout cas. Et je remarquai qu'elle était suffisamment prudente pour ne rien dire du plan en question, à supposer qu'elle en sût quelque chose. Car, enfin, si Mellisande maintenait Connor dans le flou...

Nous n'étions même pas à mi-chemin dans le tunnel qu'une enclume me tomba sur la tête. Enfin, pas une enclume... plutôt une batte de base-ball qui frappa subitement un coup terrible et réveilla un essaim d'abeilles tueuses bâti juste à l'intérieur de mon crâne écrasé. Puis les insectes perdirent la boule, piquant tous les recoins de mon cerveau jusqu'à ce qu'il menace d'exploser. Je tombai contre le corps qui se trouvait devant moi – garçon ou fille, je n'en savais rien. Puis il disparut, n'ayant aucune intention de m'accompagner dans ma chute. Il y eut des cris ; c'étaient peut-être les miens.

La douleur me fit perdre la tête, et même mon équilibre. Je percutai le sol avec une telle violence que je rebondis, pierres et bouts de bois s'enfonçant dans mon corps et mon cerveau. La pression était telle qu'en réalité j'espérai mourir. Je priai pour que cela arrive. La douleur était trop forte pour ne venir que de moi.

Et en effet. Je le savais à cet instant, mais la vérité m'apparut dans un flash éblouissant. Le monde s'éteignit et je restai seule avec une vérité : l'invasion d'insectes, l'ouverture forcée de mon crâne, j'avais déjà éprouvé ces sensations avant.

Gâterie ? dit la voix de fausset à l'intérieur de ma tête. Il semblait presque perdu, comme s'il avait lancé un coup complètement au hasard et m'avait trouvée. Je ne répondis pas, j'en étais incapable, et il rugit. *Toi ! Tu les as conduits vers moi !*

Mais je ne parvenais pas à saisir ce qu'il voulait dire… pas avec la douleur qui brouillait tout. A moins… à moins que ces surveillants contre lesquels Rick m'avait mis en garde n'aient suivi quelqu'un d'autre, probablement Marcy, qui les avait conduits directement jusqu'à lui. Cela signifiait – ah ! on aurait dit que j'avais des lames de rasoir dans les neurones – que par « les », il voulait dire « le conseil », ce qui signifiait…

Il perdit patience, et les abeilles parurent gonfler. Les dards et la furie me déchirèrent. Je précipitai ma tête contre le sol. Ma seule pensée, en admettant que j'en aie eu une, c'était de m'ouvrir le crâne pour faire sortir la douleur, mais quelqu'un me saisit. Ou quelque chose. Je ne voyais rien, je ne sentais rien si ce n'est que ma chair était en feu. Et, pour couronner le tout, mon corps était retenu par terre, comprimé, emprisonné, sans doute par quelqu'un qui essayait d'empêcher que je ne me tue. Je faisais seize millions de degrés au bas mot. J'étais le premier cas de combustion spontanée d'un non-humain, prêt à frire mon bon Samaritain par la même occasion.

Gina ! appela quelqu'un. Ou peut-être pas. Peut-être que tout ça, c'était dans ma tête. Le bourdonnement de mon cerveau m'empêchait d'entendre.

Les voix autour de moi ne faisaient penser qu'à des parasites.

Gina, qu'est-ce qui se passe ? demanda quelqu'un à nouveau. Bobby ? Dans ma tête ? *Gâterie. Me crains-tu désormais ?* demanda le monstre, noyant la voix de mon ami.

— Non ! m'écriai-je… ou non.

Mon corps était en flammes, et je ne sentais rien, je n'arrivais pas à penser.

— C'était pas *moi*.

Les abeilles se turent aussitôt. *Qui, alors ?*

Je ne pouvais dénoncer Marcy, pas même pour sauver ma peau. Ce n'était pas réellement sa faute.

— Amenez-la à l'intérieur, ordonna quelqu'un.

Dans un rugissement de frustration, de rage et de soif de sang, le monstre me creva le tympan pour trouver la réponse que je lui refusais.

17

Lorsque je revins à moi, j'avais les dents profondément enfoncées dans le bras de Godzillette, et les larbins malodorants de Melli – non, qu'est-ce que je raconte, les larbins de Melli la malodorante – avaient les yeux braqués sur moi. Je retirai doucement mes crochets et levai une main tremblante pour m'effleurer les commissures des lèvres.

Le dragon écarta les autres.

— Qu'est-ce qui s'est passé ? demanda-t-elle sur un ton peu amène.

Le sang de Godzil venait de sauver ma non-vie, de me ressusciter d'une autre et plus certaine mort. C'est en tout cas ce que je croyais. Et Melli voulait me soumettre à un interrogatoire ? C'était, à maints égards, déplacé. Il y avait des choses que je devais dissimuler ; je savais au moins cela. Il fallait simplement que je me souvienne quelles étaient ces choses en question. Déjà, je ne pouvais pas lui apprendre que j'avais rencontré le grand fou ténébreux. Mais il me fallait trouver un moyen de lui faire savoir que le médium marteau n'était plus sa carte maîtresse. Si elle comptait sur lui pour obtenir des renseignements dans ses jeux de guerre, elle serait très déçue. Peut-être même au point d'annuler ces jeux, surtout si elle songeait à toutes les histoires qu'il pourrait raconter au conseil.

— Quelque chose m'a frappée, comme… comme un raz de marée. Quelque chose de puissant, jouant des poings. Qui te cherchait, improvisai-je en ne mentant qu'à moitié.

Elle me fixa, incrédule.

— Je n'ai rien senti.

— La chose, quelle qu'elle soit, avait l'air… désorientée, je suppose, comme si un truc était vraiment parti en vrille.

— Cette *chose*, dit-elle d'un ton sceptique, à quoi ça se ressemblait ?

La réponse était facile.

— A une armée d'insectes envahissant mon cerveau.

Ces mots ne la laissèrent pas indifférente. Cela faisait un bien fou de savoir que je n'étais pas la seule à être traitée en reine. Visiblement, ma description l'interpellait.

— Qu'est-ce qu'il a dit ? demanda-t-elle brusquement.

Plusieurs de ses lieutenants – ou quels que soient leurs titres – parurent aussi avoir remarqué le soudain changement de son ton, à en juger par le regard qu'ils lui lancèrent.

— Le conseil le détient et, le moins qu'on puisse dire, c'est qu'il est furibard.

Son visage se figea. Si, sous sa peinture de guerre, il y avait eu la moindre couleur, il n'en serait plus rien resté.

— Mellisande, qu'est-ce qu'il y a ? demanda Connor.

Elle se tourna vers lui, le regard vide avant de secouer la tête.

— Rien. Juste cette enfant qui essaie de se faire remarquer en mentant.

J'en restai bouche bée.

— Ne l'écoute pas. Pour peu qu'ils arrivent à démêler ce qu'il raconte, alors ils sauront ! dis-je, limite en criant.

Elle me regarda comme un faucon affamé regarde une souris à trois pattes. Aucun risque que je m'échappe. J'avais révélé un secret. Elle savait désormais que j'en savais plus que ce que je voulais bien dire, mais elle ne pouvait pas m'interroger sur le sujet après m'avoir qualifiée de menteuse.

— Emmenez-la.

Bon sang, je commençais à en avoir marre d'entendre ça. *Pas le cachot, pas le cachot*, scandai-je à part moi.

— Au cachot ? demanda Godzillette, comme en écho.

— Très bien. N'importe où, pourvu qu'elle soit hors de ma vue.

Godzil m'aida à me relever. C'était vraiment pitoyable qu'il ne faille qu'un seul humain pour m'escorter, mais j'étais toujours complètement étourdie et une blessée ambulante, comme le matin suivant l'une des soirées punch de Marcy. Tous les vampires restèrent derrière… pour avoir des explications, semblait-il, car, avant même que la porte soit refermée, j'entendis quelqu'un demander :

— Pourquoi vous ne nous le dites pas ?

Gina ? Quelqu'un venait de parler doucement dans ma tête. Je grimaçai.

— Ça va ? demanda Godzillette, sa main refermée sur mon coude, moitié pour me soutenir, moitié pour m'entraver.

Je levai les yeux vers elle… Oh là là, c'était une géante.

— Oui… merci. Merci de, euh… m'avoir sauvée.

Elle haussa les épaules.

Bobby ? demandai-je à la voix mentale. Est-ce que ça rendait dingue de répondre aux voix qu'on avait dans la tête ?

Gina, dit-il à nouveau, avec un tel ton de soulagement que cela me réchauffa le cœur.

Je tressaillis. *Le médium de Melli. Le conseil le détient, et il a cru que je l'avais donné. Il est arrivé jusqu'à toi d'ici* ? demanda Bobby, sa voix devenant déjà plus faible, comme si quelqu'un avait baissé le volume presque jusqu'au bout. *Toi, tu y es arrivé*, dis-je… ou pensai-je… ou que sais-je encore.

Aucune réponse.

Bobby ?

Rien. Pas un murmure, pas un mot. Si j'étais fille à céder à la panique, j'aurais probablement imaginé toutes sortes de choses, comme le conseil le prenant en flagrant délit, furax de le trouver en train de communiquer avec le monde extérieur, ou bien l'emprisonnement, la torture… mais je n'étais pas ce genre de fille.

Ce n'était probablement que, euh… son pouvoir qui avait besoin d'être rechargé. Tout ça, c'était nouveau pour lui. Sans doute qu'il fallait simplement le faire fonctionner, comme un muscle. Le préparer aux gros efforts.

— Gina ? demanda Godzil.

— Quoi ?

Je me focalisai sur elle, sur l'endroit où je me trouvais et non sur ce qui se passait dans ma tête.

— On est arrivées et tu ne t'es pas débattue une seule fois. Même pas de remarques sarcastiques. Tu es sûre que ça va ?

Elle paraissait presque inquiète.

Je lui adressai un sourire tremblant.

— Tu es au courant que les justaucorps, ce n'est plus très « in », hein ?

Elle cligna des yeux.

— Ça m'apprendra de demander. Entre, dit-elle en ouvrant la cellule.

Si j'avais la force que Dieu donnait aux puces, j'aurais peut-être pris la tangente, mais les choses étant ce qu'elles étaient, je m'installai docilement sur le lit.

— Fais de beaux rêves, dit-elle en fermant la porte.

Dans cet endroit, je me demandais s'il ne s'agissait pas d'une plaisanterie. De toute façon, Mellisande s'en prit à moi avant que je puisse en avoir le cœur net. Elle vint seule, ce que je pouvais comprendre, mais elle m'avait donné le temps de réfléchir, ce qui me dépassait. Je veux dire, je n'avais peut-être pas l'entraînement dont Bobby avait bénéficié dans son club de débat, mais j'avais acquis une grande expérience dans l'argumentation pour faire changer un zéro en un dix, et le brouillard dans lequel j'étais plongé plus tôt s'était levé.

— Maintenant, dit Melli, comme si j'allais être intimidée par elle après *lui*, tu vas me raconter toute l'histoire. Qu'est-ce que tu as voulu dire par : « Pour peu qu'ils arrivent à démêler ce qu'il raconte, *ils sauront ?* » Toi, tu m'as l'air de savoir déjà bien plus de choses que tu ne le devrais.

Je me préparai à jouer le rôle de ma vie : les yeux écarquillés, le visage perplexe.

— A propos de quoi ? demandai-je. Un mec… affreux… joue avec ma tête et, soudain, c'est moi le méchant… la méchante… Bref, je n'ai dit « démêler » que parce le mec parlait carrément comme un retardé, comme l'enfant naturel de Yoda et de Hannibal Lecter, tu vois ?

J'ajoutai un vague mouvement des mains. Elle pensait déjà que j'étais une écervelée de première, alors je pouvais exploiter ce trait de caractère.

Mais, désormais, elle m'étudiait avec beaucoup d'attention, et je sentis une bouffée de puissance me passer au-dessus comme si j'étais un pare-brise.

C'était loin d'avoir la force du pouvoir de Bobby, mais je voyais bien que c'était faire quelque chose. Si seulement je savais quoi… Me faire dire la vérité ? Glousser comme un poulet ? Quoi ?

J'optai pour la première hypothèse et laissai ma voix adopter un ton, genre, ennuyeux à mourir pendant que je répétais mon histoire et chacun des mots que le médium dérangé avait prononcés.

Avec des détails extrêmement pénibles. Cela ne dura pas longtemps, et puis ce fut le silence pendant que Mellinome réfléchissait, jusqu'à ce que je puisse pratiquement entendre grincer les rouages.

— Ils vont nous voir arriver, murmura-t-elle pour elle-même.

Je fis mine de ne pas entendre, mais j'avais eu la même pensée.

Si le médium marteau parlait, par vengeance ou par simple soif, Mellisande perdrait l'élément de surprise, en supposant qu'elle l'ait eu un jour.

A moins qu'elle se montre plus futée et mieux armée que le conseil – ce dont je doutais –, on courait au massacre.

— Il faut que j'y réfléchisse, dit-elle en se levant.

— Et moi ? demandai-je en essayant d'avoir l'air de sortir subitement de son emprise magique.

Elle se retourna.

— Je ne peux pas te laisser parler de ça et mettre l'alarme au camp.

— J'en parlerai pas ! promis-je.

— Non, en effet.

Je sentis son pouvoir siffler à nouveau, mais cela ne me fit aucun effet.

Reste que je fermai la bouche et demeurai silencieuse, le temps qu'elle se retourne et s'éloigne.

Maintenant qu'on m'avait « réduite au silence », je m'attendais à ce que Godzillette ou l'un des autres gardes me libèrent, me ramènent avec les autres, mais cela n'arriva pas.

Même Connor ne vint pas forcer mon cerveau. Il était sans doute trop pris par la guerre que le dragon livrait au conseil ou que sais-je encore. Si seulement j'avais eu les pouvoirs de Bobby, peut-être que j'aurais pu me glisser dans la tête de Melli et découvrir ce qui s'y passait.

Elle ne pouvait pas songer à s'opposer au conseil *maintenant*, si ? Si j'étais elle… bon d'accord, je ne m'avouerais pas vaincue, mais peut-être que je laisserais planer l'incertitude sur l'avenir en ne décidant d'un plan qu'à la dernière minute.

Une stratégie qui ne pourrait fonctionner que si l'avenir n'était pas déjà programmé à l'avance. Auquel cas, comment certaines personnes étaient-elle capables de le « voir » ? J'avais mal au crâne rien qu'en y pensant, et je m'allongeai pour me laisser gagner par l'aube.

Je regrettais de n'avoir fait aucun rêve depuis que j'étais passée vampire. Les rêves sont censés être un moyen qu'emploie l'esprit pour vous raconter des trucs.

A cet instant, j'aurais saisi tous les indices à ma disposition.

18

Ce ne fut pas avant la nuit suivante, des heures après que le soleil se fut couché et à un moment où l'ennui était sur le point de me faire péter les plombs, que Connor finit par se montrer. J'avais un tel besoin de me distraire que j'étais en réalité contente de le voir. Au moins, il portait une chemise boutonnée et un pantalon repassé. Il n'avait pas l'air d'être sur le point de partir en commando. Le raid contre le conseil, ou l'échauffourée, ou que sais-je encore, n'était donc pas prévu pour ce soir-là.

— Qu'est-ce qui s'est vraiment passé, l'autre soir ? demanda-t-il à brûle-pourpoint.

— Nan, nan. Toi d'abord, ou alors je te dirai rien. Il se passe quoi, là ?

— C'est ce que j'essaie de comprendre. L'autre soir, tu as vraiment bousculé Mellisande... Aujourd'hui, elle pense qu'elle a trouvé la distraction idéale. C'est quoi, le hic ?

Il aurait tout aussi bien pu parler swahili, pour ce que j'y comprenais. Une distraction ? Sauf si… sauf si elle pensait demander à Bobby d'utiliser ses pouvoirs et libérer le monstre pour distraire le conseil de ses projets, quels qu'ils soient. Ça se tenait, que trop bien, hélas. Cette créature en vadrouille dans les quartiers du conseil, ce serait une sacrée pagaille. Mais chercherait-il à faire la différence – voire y parviendrait-il – entre amis et ennemis lorsque nous viendrions lui rendre visite ?

— Pourtant…

Pourtant quoi ? Qu'est-ce que j'allais dire ?

— Ecoute, le conseil a mis sous les verrous le monstre médium de Melli. Je crois qu'ils ont suivi ses gorilles lorsqu'ils ont apporté Marcy en sacrifice. J'ignore comment leurs chiens de garde ont pu me louper, mais je suis sûre qu'ils ont trouvé, grâce à moi, le givré affaibli. Le conseil ne va pas se laisser prendre de court, quel que soit le plan que vous avez prévu.

Connor retourna la chose dans sa tête, oubliant ma présence d'une façon qui devenait trop familière. Au cours de la dernière semaine, on m'avait plus ignorée, probablement, que pendant toute ma vie.

— Ecoute, si tu détestes autant cette femme, pourquoi tu ne vas pas voir le conseil en douce et lui proposer un marché ?

Ces mots sortirent de ma bouche avant que je m'aperçoive de leur stupidité. S'il y avait bien quelqu'un qui aurait dû sortir en douce pour négocier… Mais uniquement si j'étais sûre que notre situation s'en trouverait améliorée, et pas sans les autres. Il semblait, curieusement, que je m'étais prise d'une réelle affection pour tout le groupe d'élèves. J'avais déjà perdu une famille ;

je n'avais pas l'intention d'en perdre une autre. Et si j'en jugeais par le scalp de Marcy…

— Laisse tomber, oublie ce que j'ai dit.

— J'y ai pensé, à vrai dire, dit-il en me surprenant par une conversation, une vraie. Mais si je leur parle de ce que Mellisande a prévu, ils la renverseront, absorberont tous ceux qu'ils ne tueront pas, et je ne serai guère mieux loti. Peut-être qu'ils me donneront sa place, peut-être pas. Je ne leur fais pas confiance.

Donc, il pouvait soit aider Melli à réussir et continuer d'être son bras droit, soit s'assurer qu'elle plonge de sorte qu'il puisse prendre les rênes. S'il se rendait au conseil avec quelque chose – genre, un territoire et des adeptes – il serait en position de force pour négocier. Mais qu'adviendrait-il alors de Bobby et de Marcy, qui devaient sûrement être encore vivants, et de nous tous ?

— C'est pour quand ? demandai-je. Elle va les affronter, hein ? Une guerre totale.

Il m'examina, réfléchissant à ce qu'il pouvait ou non me révéler, mais il était bien trop tard pour la discrétion.

— Demain. C'est obligé. C'est le jour où elle doit jurer fidélité.

Génial. Pas le temps de se retourner, pas de plan et pas de liberté. Je l'avais dans le baba.

— Donc, on va simplement me laisser moisir ici ? demandai-je.

— Quelqu'un va passer dans pas longtemps. T'as encore entraînement avec l'équipe Alpha. Ne dis rien, ordonna-t-il, ses yeux perçant les miens, comme s'il cherchait à les contraindre par la seule force de sa volonté, puisque l'hypnose ne faisait aucun effet.

Ne pose pas de questions, ne raconte rien. Décidément, si je voulais rejoindre l'armée, je serais… enfin, je préférais ne même pas imaginer. Au moins, j'allais être relâchée.

C'est Larry qui vint me chercher, Larry qui resta au dortoir pour flirter avec la dévoreuse de livres blonde pendant que je descendais péniblement dans le tunnel avec l'équipe Alpha pour participer à nos jeux de plein air.

Bobby me manquait, et j'en avais assez qu'on dirige ma vie. Il me restait une nuit pour éviter le pire. Un plan n'aurait pas été de trop. Au lieu de cela, j'allais être occupée à éviter les bâtons pointus, la peinture et les flèches. Je mis ma nullité au combat sur le compte de ma distraction. Ouais, une journée banale dans la vie d'une ado ordinaire… si ce n'est qu'au lieu d'esquiver les potins et les interros-surprises, là, c'étaient les pieux et les giclées. Les potins, au moins, n'avaient jamais fait friser mes cheveux.

19

Le soleil se coucha, et je me réveillai en sursaut, me débattant comme si je tombais et essayais de me rattraper à quelque chose. Je ne me souvenais pas d'avoir rêvé, mais, ce qui est sûr, c'est que je n'avais pas dormi du sommeil du juste. Peut-être mon cerveau tentait-il de me dire quelque chose, genre que mon monde était sur le point de s'effondrer.

J'aurais pu tuer pour un cappuccino avec chocolat… ou – je n'étais pas difficile – pour le sang d'un accro à la caféine. Juste un petit remontant, histoire de ne pas me sentir aussi vieille que, genre, la nana au visage figé qui présentait des reportages de mode sur *E !*

Godzillette, Pluto et Fauconman se déplaçaient dans les rangs pour mettre tout le monde au garde-à-vous et pour distribuer les minibouteilles de sang. *Le leur ?* me demandai-je, effrayée par cette idée. J'ignore comment cela ne m'avait pas traversé l'esprit avant. Mais, en y repensant, il était impossible qu'ils en aient autant à donner. Peut-être que l'un d'entre eux bossait la journée dans un hôpital ou dans une banque du sang.

Je m'habillai, comme tout le monde, même si certains étaient moins privilégiés que d'autres. Heureusement que je m'étais arrêtée au centre commercial avec Rick, parce que mes bottes à talons aiguilles et ma minijupe ne faisaient pas très Rambo. Les fringues qui s'en approchaient le plus, c'étaient mes nouvelles tennis (qui, bien sûr, n'avaient quasiment pas de talons et me donnaient l'impression d'être minuscule) et un jean noir moulant. Cela avait été une vraie torture de renoncer à la couleur dans les boutiques, mais j'avais pris un tee-shirt noir ordinaire, au cas où il me faudrait faire le mur à nouveau. Remarquez que le look « monte-en-l'air » ne me servirait pas à grand-chose. Il s'agissait surtout de se mettre en condition, l'habillement faisant la réussite.

J'étais justement en train de serrer les velcros de mes tennis lorsque Mellisande et le reste de sa cour arrivèrent pour inspecter les troupes. On aurait dit que le dragon s'en allait à l'une de ces soirées huppées où les gens boivent du champagne dans des verres en cristal taillé. Elle était vêtue d'une jupe composée d'une centaine de mouchoirs véritables et d'un chemisier pailleté rouge rubis. Ses chaussures se terminaient par une vilaine pointe. Si seulement les regards étaient capables de tuer…

Chacun interrompit plus ou moins ce qu'il était en train de faire pour se redresser et la regarder passer, comme elle nous regardait.

— Ce soir, c'est le grand soir, annonça Melli en montant la voix pour qu'elle porte.

Cela rebondit dans le sous-sol comme une balle en caoutchouc gagnée dans une tirette.

— Tout votre entraînement, tous nos projets n'ont eu que ce seul but : affronter le conseil et le vaincre. Je m'y rendrai avec quelques privilégiés pour vous dégager la voie. Votre boulot à vous, ce sera d'entrer et de briser la moindre résistance. Une fois que nous tiendrons le conseil, nous tiendrons la région et, à partir de là, tout est possible. Nous établirons nos propres lois, nous nous emparerons de ce que nous voulons, nous nous nourrirons où nous voulons et quand nous voulons.

On aurait dit qu'elle se présentait pour être la déléguée des déléguées. Le pouvoir émanait d'elle en bourdonnant, comme si elle cherchait à affecter tous ses gens en même temps, mais cela ne ressemblait qu'à une fine bruine. Au mieux, elle leur mettrait peut-être l'eau à la bouche ; rien à voir avec le raz-de-marée que générait le pouvoir de Bobby.

— Est-ce que vous êtes avec moi ? demanda-t-elle.

Il y eut une acclamation générale, mais je me dis que c'était en deçà de ce qu'elle aurait pu espérer.

Elle embrassa la salle du regard, les yeux plissés.

— Bien. L'inverse n'est pas pensable.

Je regardai les autres autour de moi. Ils avaient, c'était clair, envie de se défouler sur quelque chose, mais je n'étais pas convaincue que ce fût sur les ennemis de Mellisande.

Elle sortit de la salle majestueusement, la jupe flottant, et laissa derrière deux de ses courtisans, Connor et Larry ; bizarrement, le plus vieux et le plus jeune de sa garde rapprochée.

Le premier examina les visages qui l'entouraient, son regard croisant le mien l'espace d'un instant, avant de se poser ailleurs ; il semblait faire ça de façon répétée.

Peut-être qu'il établissait un contact visuel avec son équipe.

— Equipe Alpha, avec moi, dit-il, ce qui confirma mes suppositions.

Il s'écarta sur le côté, laissant la moitié de la salle à Larry qui appela :

— Equipe Bêta.

Trevor et Cassandra, qui étaient devenus inséparables, se séparèrent pour venir se mettre de chaque côté de moi dans la queue.

— Melli va passer par-devant avec sa cour, histoire d'éloigner tous les guetteurs, murmura Trevor.

Je l'avais mis au parfum dans la nuit, juste avant l'aube, ainsi que quelques privilégiés. J'aurais préféré faire confiance à davantage de personnes, mais à qui ? A Chaz et à Tina ? A la nouvelle amoureuse de Larry, la dévoreuse de livres ?

— Comment tu sais ça ? demandai-je tout bas.

— Regarde comment elle est habillée. Elle veut leur faire croire qu'elle va là-bas pour faire la fête, pas pour provoquer. Elle espère les prendre au dépourvu. C'est aussi ce que je ferais. La jupe en moins, bien sûr.

Je me mordis la lèvre pour m'empêcher de souligner le fait qu'il ne trouvait rien à redire à la chemise à paillettes, mais je me ravisai lorsque Connor regarda de notre côté à nouveau. Dès qu'il eut posé les yeux ailleurs, je demandai :

— Et lui ?

D'un brusque mouvement de tête, j'indiquai Connor.

— Le conseil ne s'attend pas à ce qu'il accompagne Melli ?

Trevor prit quelques instants pour réfléchir à cette hypothèse.

— Si les choses en arrivent là, sans doute qu'elle pourra dire qu'elle l'a laissé assurer la permanence.

— Vous avez quelque chose à faire partager ? demanda Connor en nous lançant un regard noir.

— Chef, non, chef, dit Trevor en se redressant.

Ça faisait trop petit soldat… avec peut-être un petit côté sexy, pourtant, comme si je parvenais presque à l'imaginer en uniforme. Même si je me serais bien gardée de l'admettre haut et fort. En plus, j'avais un copain désigné par une prophétie, et ça, ça l'emportait haut la main sur le soldat.

Connor me regarda.

— Non, éructai-je. Rien à faire partager.

— Bien, alors, écoutez.

Nous allions sortir par le tunnel ; il fallait s'y attendre. Puis nous allions nous séparer et conquérir. Equipe Alpha d'un côté, Bêta de l'autre. Suivre les indications. C'était tout ce que nous avions besoin de savoir. Ça, et puis : « Il ne s'agit pas d'un jeu. C'est pour de vrai, les enfants. Vos armes sont prêtes à l'emploi. De l'eau bénite, de véritables pieux en bois et des flèches. Evitez de vous tirer dans le pied. Evitez de vous tirer les uns sur les autres. Dans ce jeu vidéo, y a pas de fonction *Redémarrer*. Pigé ?

Certains mecs semblaient trouver ça vraiment trop cool, mais la plupart donnaient l'impression qu'ils auraient pu saisir le concept de « pas un jeu » sans que Connor cherche à se mettre à ce qu'il croyait être notre niveau en faisant référence aux jeux vidéo.

— Je te couvrirai, me murmura Trevor, au risque de déclencher la colère de Connor.

Visiblement, mon inaptitude au combat ne lui avait pas échappé.

— Merci, répondis-je tout bas.

D'un geste de la main, Connor invita l'équipe Bêta à passer devant nous, et je regardai défiler Pam et Vanessa, la nouvelle amoureuse de Larry, les filles que j'avais coiffées et d'autres encore. Ma gorge se serra, et j'avais l'impression, étrangement, d'être comme une maman ourse qui regarde ses petits partir à la guerre… ce qui ne voulait rien dire du tout.

Même dans le meilleur des cas, certains d'entre eux reviendraient. Je ne pouvais tout simplement pas imaginer que notre groupe, qui ne s'entraînait que depuis quelques semaines, allait s'attaquer à un conseil aguerri, lequel – j'imaginais – avait des guetteurs et des hommes de main, la totale… même si, en effet, nous avions un infiltré et un cyclone-médium susceptible de se déchaîner.

Connor attendit que Bêta se soit éloignée et s'approcha lui-même du trou. Je croyais qu'il prendrait la tête de l'assaut, mais, au lieu de cela, il frappa le code rythmique pour fermer la trappe.

— On passe par-devant ? demandai-je en me disant que Trevor avait peut-être bien raison et que Melli avait éloigné les guetteurs.

Cela nous permettrait ainsi de prendre sans risque un autre itinéraire vers la maison du conseil. Nous y serions sans doute venus, de toute façon, en suivant une direction différente, histoire de les encercler.

Il me décocha un regard glacial.

— Non.

Un frisson me parcourut le dos et gagna mes extrémités, le choc me donnant presque des picotements dans les doigts.

— Tu les abandonnes, dis-je. Ça va être un bain de sang.

Il retroussa les lèvres, et j'aperçus la pointe de ses dents, fatales et luisantes tel un serpent sur le point d'attaquer. Est-ce que je ressemblais à ça lorsque je m'alimentais ? Beurk ! Ce n'était peut-être pas plus mal qu'on ne se voie pas dans les miroirs.

— Ce sera un bain de sang de toute façon, souffla-t-il. Je te sauve. Et une fois que tout sera terminé, on pourra négocier avec le conseil. On restera en vie.

Je regardai les autres. Contrairement à l'absence de réaction qu'avaient suscitée chez eux les cibles à forme humaine, il y avait à présent dans leurs yeux une véritable horreur. Peut-être bien que Connor était suffisamment vieux pour avoir perdu son humanité, mais nous étions encore jeunes. Nous n'avions pas oublié. Je ne considérais pas que vendre mon âme – à supposer que j'en eusse encore une –, c'était m'assurer son salut.

Je regardai autour de moi en attendant que quelqu'un prenne la parole. A ma surprise, c'est moi qui m'en chargeai.

— Ecoutez-moi, tous ! dis-je en élevant suffisamment la voix pour qu'elle porte. Est-ce que vous avez envie d'être menés par un loser qui sacrifierait nos amis en nous disant que c'est pour notre bien ?

Il y eut quelques « non » murmurés, Trevor et Cassandra émettant les plus sonores.

— Est-ce que vous êtes tous prêts à vous bagarrer ? Si nous nous battons pour nous, pour nos amis, nous serons capables de tout. Souvenez-vous de Marcy et de Rick. Pensez à Bobby. Connor est prêt à nous sacrifier exactement comme l'a fait Melli. Je dis ÇA SUFFIT !

Cette fois, on approuva à grand bruit. Les gens se remettaient de leur choc et se préparaient psychologiquement au combat. Rester en retrait, c'était comme passer la nuit à réviser, tout ça pour découvrir que l'exam avait été annulé. Nous étions fin prêts. Je faillis me convaincre que je n'envoyais personne à une mort subite.

— Emparez-vous de lui ! commandai-je en pointant le doigt vers Connor.

Le groupe s'avança aussitôt avant que Connor ait même le temps de contre-attaquer par un sortilège efficace. Le premier à tenter de l'attraper se figea à mi-chemin, choqué en voyant ses mains retomber contre ses flancs. Mais Connor ne pouvait nous atteindre mentalement qu'un par un et, en quelques secondes, il fut submergé.

— Emmenez-le, dis-je. Il connaît le plan. Il sait où nous devons aller.

— Et s'il refuse de nous le dire ? demanda Trevor en se cramponnant au bras de Connor.

— Je te laisse t'en occuper.

Je ne savais même pas ce que j'entendais par là ; je doutais que le ROTC formait leurs cadets aux interrogatoires et à la torture. Je ne l'espérais pas en tout cas. Mais Trevor acquiesça d'un mouvement de tête, comme si c'était là quelque chose dont il pouvait se charger. Alors, je poussai un soupir de soulagement.

— Allons-y ! ordonnai-je.

J'exécutai mon petit air sur la trappe, et elle s'ouvrit devant nous. J'aurais pu m'habituer sans problème à être prise au sérieux et à être, genre, le joueur de flûte des vampires, si seulement je n'étais pas autant flippée à l'idée de nous conduire à la guerre. Je ne savais toujours pas ce qui m'avait pris exactement, ni ce que nous allions trouver dans les quartiers du conseil. J'ignorais quel était le plan ou les mouvements de l'autre troupe, ou que sais-je encore. J'ignorais aussi le nombre de nos adversaires. Qu'est-ce que je foutais ?

L'équipe Bêta avait laissé ouverte l'armoire où étaient rangées les armes, supposant que nous serions juste derrière, et je commandai à tout le monde de faire le plein. Cela avait un petit côté jouissif d'être obéie.

Personnellement, je pris à peu près cinq pistolets à eau et je les remplis avec la bouteille d'eau bénite que Trevor me passa, en faisant très, très attention à ne pas en renverser sur moi, et plus attention encore à ne pas songer aux effets que cette action pouvait avoir sur mon âme. Car, même si l'usage de l'eau bénite était justifié ici, il n'empêche que…

Les armes que sélectionna Trevor étaient des pistolets et des pieux pointus (de ceux qui étaient en bois véritable et non les petites pointes utilisées pendant l'entraînement). Les arcs et les flèches seraient bien trop encombrants une fois que l'ennemi se rapprocherait jusqu'à voir la blancheur de nos canines. Il trouva également un tas de menottes en plastique semblables à celles que les larbins de Melli avaient utilisées lorsqu'ils nous avaient kidnappés, Bobby et moi. Il s'empressa d'en faire usage sur Connor qui maugréa, donna des coups de pied, battit des bras et, d'une manière générale, fit suer son monde jusqu'à ce que Trevor lui envoie dans la poitrine une décharge d'eau bénite. Elle rongea la chemise et attaqua la chair. Il y eut une odeur de poils brûlés et de sang bouilli, à laquelle je m'efforçai de rester indifférente, ainsi qu'un hurlement d'indignation.

Je songeai au bulletin d'informations que j'avais vu, celui qui annonçait qu'on recherchait Bobby pour l'interroger. Peut-être que, si j'avertissais la police, elle mettrait un terme à la violence. On pourrait difficilement écrouer Bobby une fois qu'on se rendrait compte que les cadavres qu'on l'accusait d'avoir volés se trimballaient de leur plein gré.

Mais ce serait envoyer des humains ordinaires contre des vampires, sans aucune préparation. Et, s'ils survivaient, nous, les vampires, nous serions démasqués. Ça provoquerait peut-être une panique nationale ou alors on ferait de nous des rats de laboratoire.

Non, je ne pouvais appeler personne en renfort. Nous étions tout seuls.

Cassandra vint me rejoindre en trottant et me demanda tout bas :

— T'as un plan ?

— Je suis ouverte aux suggestions, lui dis-je.

— Ça veut dire « non » ?

— J'y travaille.

— Accélère la cadence, suggéra-t-elle.

— Génial, merci.

Au sortir du tunnel, je pointai mon propre pistolet sur Connor.

— Notre véhicule est sur le parking du lycée ?

Il avait l'air de quelqu'un qui fait son possible pour lancer des éclairs avec les yeux, mais qui échoue lamentablement.

— Oui, répondit-il en serrant les dents.

J'ouvris la marche en essayant d'en imposer malgré le malaise que me procurait ma perte de hauteur. Avec mes huit centimètres de talons, j'étais totalement assurée, mais sans eux... Au moins, mes nouvelles pompes ne s'enfonçaient pas dans le sol, car il avait plu des cordes toute la journée. Mes tennis étaient humides lorsque nous arrivâmes à la camionnette du parking. Il s'agissait du même véhicule que celui que Bobby et moi avions vu le premier jour, il y avait une éternité de cela, devant le magasin de sport que Godzillette, Rick et Larry avaient dévalisé.

— Qui a son permis ? demandai-je sans même savoir pourquoi ce détail m'inquiétait.

Nous avions bien plus à craindre qu'une amende si la police nous arrêtait et reconnaissait l'un d'entre nous.

— Moi, entonna la moitié du groupe.

Je choisis un mec avec des piques sur la tête qui m'avait tout à fait l'air d'un fou du volant. Il nous fallait mettre les voiles en vitesse...

— Toi, comment tu t'appelles ?

— Frank.

— Bien. Frank, tu prends le volant.

Trevor fouilla Connor pour trouver les clefs et les lança à Frank, qui souriait de toutes ses dents comme s'il venait de trouver la maison du bonheur.

Je n'eus même pas besoin de donner des consignes aux autres. Dès que Frank eut ouvert les portières, je pris la place du passager, et les autres s'entassèrent à l'intérieur.

— On va où ? demanda Trevor.

Je tendis le cou pour voir quel genre de menace il exploitait sur Connor.

Vu la promiscuité, il avait choisi le pieu plutôt que de risquer des dommages indirects avec le pistolet à eau. Il le maintenait juste en dessous de l'endroit où devait se trouver le cœur de Connor.

— Tourne à droite en sortant du parking, répondit notre otage à contrecœur bien que son regard parût vide.

Soit il avait abandonné, soit il complotait.

Frank accéléra, et la camionnette fit un bond en avant, rejetant tout le monde derrière. Au moment même où nous quittions le parking, une voiture surgit de nulle part et nous coupa la route. Frank freina à fond, cette fois, au lieu d'accélérer, et nous fûmes tous propulsés vers l'avant, échappant de justesse au coup du lapin. Mais ce ne fut pas suffisant pour éviter une collision frontale avec le flanc d'une voiture que je ne connaissais que trop bien et un conducteur que les autres croyaient mort. Il faut dire qu'ils avaient assisté à son exécution.

— Rick ! criai-je, comme s'il pouvait m'entendre à travers la vitre de la camionnette.

Rick faillit tomber de sa voiture, s'avança d'un pas en titubant avant de s'arc-bouter sur notre capot. Une arbalète impressionnante était pointée en plein sur notre chauffeur. Rick avait les yeux grands ouverts, mais je n'aurais pas su dire si c'était dû à la simple adrénaline ou à Connor et à sa manipulation mentale.

— Vous n'irez nulle part, dit Connor à sa place, résolvant du même coup cette énigme.

— Ah oui ? Et comment tu comptes diriger si personne ne te suit ? demandai-je avec raison.

— Je trouverai un moyen.

— Tout le monde descend, ordonna Rick un instant plus tard.

Il parlait fort, mais sa voix manquait singulièrement d'inflexion. On aurait dit qu'il prononçait les mots d'un autre… de Connor.

— Tire-lui dessus, dis-je à Trevor.

J'aurais pu tirer sur Connor moi-même, mais je me dis que, s'il lui fallait tout à coup contrôler Trevor, il perdrait son contrôle sur Rick, et j'aurais l'occasion de communiquer avec ce dernier.

C'était sans prévoir que Connor tournerait la main de Trevor contre lui-même.

— Cass, aide-le ! m'écriai-je.

« Cassandra » se révélait bien trop long à prononcer lorsqu'il y avait urgence.

Elle se précipita sur le pistolet, et un carreau d'arbalète transperça le pare-brise juste sur ma gauche, à mi-chemin entre Frank et moi. Frank laissa échapper un « bordel de merde ! »

Je crus mourir une seconde fois et me retournai brusquement vers Rick qui nous regardait de l'autre côté du pare-brise.

— Rick ! criai-je en fixant ses énormes yeux de dessin animé japonais. Change de camp et je te transforme, illico ! Plus de jeux, plus l'impression que ton corps se meurt, juste la vie éternelle !

L'arbalète de Rick bougea, et Frank tira son arc et une flèche, comme s'il y avait la moindre chance que son projectile traverse le pare-brise. Le carreau de Rick devait avoir une pointe en acier ; sans compter que son arbalète avait l'air beaucoup plus costaude que l'arc de Frank, plus traditionnel.

— Pose-moi ça, dis-je à Frank. Rick ?

Il s'écoula une autre seconde de silence tendu pendant laquelle je vis que Cassandra avait remporté la lutte pour reprendre le pistolet de Trevor et que Connor était la cible de bien trop de canons pour tous les maîtriser. Certes, il ne s'agissait que de pistolets à eau – certains d'une couleur brillante et tout en plastique –, mais on voyait clairement que ce n'étaient pas des joujoux. Le contrôle qu'exerçait Connor faiblit.

— Gina ? appela Rick. C'est d'accord. Je vais baisser mon arme, mais seulement si tu sors toute seule.

J'inspirai afin de pousser un soupir de soulagement. Cela pouvait être un piège, mais chaque instant que durait notre impasse en était un autre dans lequel l'équipe Bêta tombait sans aucun renfort. Je devais prendre ce risque.

— Vous, dis-je en cherchant Trevor et Cass du regard, essayez de savoir où on va. S'il le faut, tabassez Connor pour qu'il vous le dise.

— Toi, dis-je à Frank. Conduis.

A tous les autres :

— Suivez les ordres de Trevor. A nous la victoire ! Je prends un autre moyen de transport.

D'un geste de la main, j'indiquai la T-bird de Rick.

— Mais je ne sais pas… protesta Trevor.

— Parce que je sais, moi ?

Cela le fit taire. J'ouvris la portière de la camionnette et descendis en face d'une arbalète dont la ligne de mire était légèrement déviée de ma personne. Il était clair qu'elle pouvait se remettre en position à tout instant.

Je donnai deux tapes sur le flanc du véhicule, comme s'il s'agissait d'un cheval récalcitrant, et Frank enclencha la marche arrière pour s'éloigner précipitamment.

J'espérais seulement que tout le monde arriverait à la maison du conseil en un seul morceau.

— Alors ? demanda Rick sur un ton de défi, le regard méfiant, comme si la canaille, ça pouvait bien être moi.

— Donne-moi ton poignet, dis-je avec impatience, parce qu'il était hors de question que je fasse des mamours à ce rat, même quand notre salut à tous les deux en dépendait.

— Tu as juste envie que je retire la main de mon arme.

— Sans blague ! Tu n'as pas l'embarras du choix. Tu crois être en position de me tirer dessus si je me colle à toi ?

Il afficha l'un de ces vicieux sourires de mec.

— On peut essayer.

— Beurk ! Sans façon. Maintenant, le *poignet.*

Rick retira, en tremblant, une main de son arbalète et me la présenta. Il avait les ongles dans un pire état que les miens, rongés jusqu'au sang et bosselés en plus, comme s'il ne mangeait pas à sa faim. J'étais vraiment ravie de jouir de l'immunité des vampires. Au moins, il ne pourrait pas me refiler la rage ou la gale ou je ne sais quel microbe.

— Prêt ? demandai-je.

Il acquiesça d'un mouvement de tête, mais grimaça lorsque je le mordis, sa main se convulsant juste un peu. Je ne lâchai pas prise, et il se calma, allant même jusqu'à gémir, comme si cela lui faisait du bien. Cela me répugna suffisamment pour ne pas trop m'emballer. Une petite dose, c'était plus qu'il n'en fallait. Ma faim n'en était pourtant pas convaincue, et j'utilisai mes dents, toujours sorties, pour m'entailler le poignet.

Rick avait l'air ahuri. Il desserra sa main intacte de l'arbalète et ne s'aperçut même pas que l'arme tomba par terre.

— Suce, proposai-je en tendant mon bras.

Il vacilla, comme si j'avais pris une trop grande dose et qu'il allait s'évanouir. Je le giflai, et cela me fit un bien tel que je réitérai sur l'autre joue. Il retrouva soudain ses esprits, des éclairs dans les yeux.

— A toi de boire, lui dis-je.

Une expression de dégoût passa sur son visage, puis il baissa la tête pour lécher le sang qui jaillissait de mon poignet.

— Beurk ! Tu suces ou tu suces pas, mais ne lape pas ça comme un chien.

Rick me saisit le poignet pour m'empêcher de reculer et suça comme un aspirateur. Je le retirai d'un geste brusque lorsque je fus certaine qu'il en avait eu assez.

— Bon, en route, dis-je en ouvrant la portière du côté passager de la T-bird.

— Mais je ne sens pas du tout la différence !

— Ne m'oblige pas encore à te casser. Sérieux. Tu es toujours vivant, comme un prévampire ou un truc comme ça. Si tu as de la chance, tu mourras ce soir. C'est peut-être même moi qui te tuerai. Maintenant, démarre.

20

Gina !
appela une voix dans ma tête.

— Bobby ! répondis-je tout haut.

— Quoi ? demanda Rick en faisant une légère embardée lorsqu'il quitta la route des yeux.

— Laisse tomber, continue à conduire. Et accélère. On est déjà en retard !

Il me regarda comme si j'avais perdu les pédales, mais j'y étais habituée, pas de souci.

Bobby ? demandai-je, dans ma tête cette fois.

T'es où ? C'était un peu comme si la communication était mauvaise ou bien que quelqu'un s'était assis sur le bouton *Volume* d'une télécommande, vu la façon dont la voix tremblait.

J'arrive.

Tu ferais bien de te grouiller !

Est-ce que les renforts sont arrivés ?

Ils… Il coupa la communication et je frappai des deux mains sur le tableau de bord. Je jetai un œil au compteur qui n'indiquait que cent vingt. J'étais persuadée que ce truc pouvait aller plus vite que ça.

— C'est ça que tu appelles « accélérer » ?

— La T-bird n'est pas tout à fait neuve. A partir de cent trente, elle commence à trembler dangereusement.

Je passai une jambe par-dessus le bordel qui nous séparait et j'appuyai sur son pied. La voiture bondit en avant, moins comme un oiseau[1] que comme un cheval de rodéo et, conformément aux propos de Rick, elle faisait penser à un tremblement de terre sur roues.

— On-on-est en-en core loin ? demandai-je en claquant des dents.

— En-en core di-dix ki-ki lo-lo mètres, répondit-il.

On n'avait pas encore franchi cette distance qu'on aperçut la camionnette de l'équipe Bêta, abandonnée dans un fossé, à quelques mètres seulement d'une allée quasiment camouflée qui montait à flanc de colline vers quelque chose qu'on ne pouvait voir de la route. Alpha avait dû pousser jusqu'à la porte.

— L'ef-f-fet de s-surprise est dé-déjà tombé à l'eau, dis-je. Pa-pas la peine d-d'y aller à pattes.

Il ralentit pour tourner, et mes intestins liquéfiés lui en furent reconnaissants. Les arbres nous bouchèrent la vue jusqu'au sommet de la colline, touchant quasiment la voiture, nous dissimulant même la voûte nocturne. Lorsque nous fûmes à ciel ouvert, la maison qui se dressait devant nous aurait pu être un temple : grande et carrée, avec des piliers gigantesques et, sous le toit, un fronton triangulaire qui comportait une sorte de dessin

1. *T-bird* ou *Thunderbird* signifie « oiseau-tonnerre ». (NDT)

en relief que je n'eus guère le temps d'apprécier. Je remarquai, cela dit, que toutes les figures dudit dessin n'étaient pas vêtues… ni même proportionnelles.

La porte d'entrée était entrouverte. Un bras l'empêchait de se refermer, les doigts courbés vers le ciel, telle une araignée sur le dos.

— Oh ! dit Rick à mi-voix.

— Allons-y.

Nous descendîmes de la voiture et nous nous approchâmes lentement. Tout était silencieux. A cet endroit, en tout cas. Le combat s'était déplacé.

Il n'y avait pas de corps pour accompagner le bras de l'entrée ; bras qu'il nous fallut enjamber. Mais il y avait très peu de sang, et je m'efforçai de croire qu'il s'agissait de quelque accessoire de théâtre, comme issu d'une adaptation de *Sweeney Todd, le diabolique barbier de Fleet Street.* En nous avançant, le combat parvint à nos oreilles : des meubles bousculés, des corps percutant le mur, *violemment.*

— Les femmes d'abord, proposa Rick en m'invitant à passer d'un geste de la main.

— Ouais, parce que j'ai vraiment envie que ce soit toi qui protèges mes arrières.

— C'est un sale boulot, mais faut bien que quelqu'un le fasse.

Je ne pouvais perdre davantage de temps à me livrer à de médiocres badinages avec Rick le rat. J'espérais simplement que j'aurais toute une vie pour refuser l'idée qu'il était désormais ma progéniture ou quel que soit le nom utilisé dans le monde vampirique. Je n'étais pas du tout prête à être mère. Je ne pouvais qu'imaginer les œuvres d'art à base de bâtonnets de glace que j'aurais pour la fête des Mères. Et cette image rendait ses commentaires de mauvais goût encore plus dégueu.

Bobby ! appelai-je mentalement en espérant pouvoir déterminer sa position et celle des combattants, mais en vain. Je me raccrochai encore une fois à l'idée qu'il était simplement occupé ailleurs, et non mort.

C'était un vrai parc d'attractions – traces de sang, quelques parties de corps ou quelques touffes de cheveux arrachées avec les racines, une chaussure au talon cassé – jusqu'à ce que nous atteignions l'escalier pour entrer dans l'inconnu. Dans l'inconnu, car l'équipe Alpha faisait écran, Trevor à sa tête, donnant autour de lui de grands coups avec un pieu affûté. Les autres ne s'en tiraient pas aussi bien. Des armes abandonnées semaient des embûches dans les escaliers. J'apercevais déjà des équipiers qui étaient tombés en affrontant les vampires du conseil. Mon cœur fit de son mieux pour battre la chamade.

Trevor lui-même dégringola sans crier gare, comme si quelqu'un venait de lui attraper les pieds. Il ne lâcha pas le pieu, et l'arme moulina dans les airs, menaçant tous ceux qui étaient à portée. Sans réfléchir, je me voûtai au-dessus du corps de Trevor, prête à m'interposer entre lui et son adversaire, lorsque quelque chose bondit et renversa ce dernier par terre. Tout à coup, je me trouvai en face de féroces yeux rouges. Le médium s'accroupit en me souriant de ses dents sanguinolentes. Visiblement, il n'y avait pas très longtemps que le monstre avait dîné. J'espérais pour Trevor qu'il était rassasié.

D'en bas, une fille envoya au père Fouettard une giclée d'eau bénite. Il ne fit que tourner la tête, de façon on ne peut plus insolite, comme le ferait une chouette ou la fille de *L'Exorciste* en recrachant sa soupe aux pois.

Le médium fixa la fille et fut pris d'étranges convulsions, comme s'il s'apprêtait à expectorer un gros mollard. Puis, sans prévenir, il cracha un jet de sang qui devait être mélangé avec quelque chose de plus fort que l'acide gastrique vu la manière dont la fille hurla… et hurla encore… et encore.

Mon cerveau me criait de prendre la fuite, mais il faut croire que nous étions en froid, car, sans que je me l'explique, je n'en tins pas compte un seul instant.

— Lâche-le, ordonnai-je.

— Oblige-moi, souffla-t-il.

Et moi qui étais à court de laque et de lanternes.

— Ce n'est pas nous que tu veux !

— Ne me dis pas ce que je veux ! rugit-il.

— Bon, très bien. Je t'ai foutu en rogne. Tu as envie de m'étriper. Je comprends ça. Mais tout de suite ? Avec toutes ces distractions ? Tu ne veux pas prendre ton temps ? Genre, m'accompagner d'une bonne bouteille de chianti ?

J'étais désormais officiellement insensible à ce regard qui disait : « T'as perdu la tête ? »

— Serais-tu en train de faire preuve de logique ?

Je restai sourde au ricanement de Rick et maintins mon regard noir.

— Quoi ? Genre, j'en suis incapable parce que je suis une fille ?

— Non, parce que tu es toi.

Je voulais que mon super pouvoir me permette de cracher le feu. Je l'aurais fait rôtir là où il était accroupi.

— Très bien, viens me chercher.

Je m'imaginai qu'il était un rondin tombé entre moi et la seule machine à cappuccino d'une île déserte, et je m'élançai littéralement sur lui en évitant ses coups de dents et en lui faisant perdre l'équilibre, car j'appuyai mes deux poings dans son dos comme à saute-mouton. Ma prof de gym aurait été trop fière, une fois remise de son évanouissement.

J'essayai de ne pas regarder derrière moi, sachant bien que cela me retarderait, mais quelque chose m'y poussa. Je me retournai et vis que le monstre avait déplié ses jambes à nouveau et semblait bondir à quatre pattes, moins comme une créature humaine que comme une sauterelle ou un singe. Ses yeux ne trahissaient aucun équilibre mental. Je piquai un sprint, sûrement poussée par une terreur totale, en suivant la trajectoire de ceux qui étaient tombés et en sautant par-dessus des choses auxquelles je préférais ne pas songer. Il y eut derrière moi un terrible fracas. Je supposai que le monstre s'était pris les pieds dans la corde d'un arc ou quelque chose dans le genre, mais, cette fois, je ne regardai pas en arrière.

Bobby ! hurlai-je dans ma tête.

Ici. J'entendais à peine, comme s'il y avait une barrière, mais la voix venait indiscutablement de devant. Ça paraissait étrange que je puisse m'orienter à partir d'un mot, mais la situation était devenue tellement bizarre que je ne cherchais même plus à comprendre.

— Par ici ! criai-je à Rick, des fois qu'il n'aurait pas pu suivre la trace du grand singe qui galopait de façon effrayante derrière moi.

J'espérais que lui et les autres me suivaient de près.

Le spectacle qui s'offrit à ma vue me figea et permit au monstre de me faire tomber, le cul sur les chevilles, par un placage en l'air. Nous roulâmes par terre, ma colonne vertébrale craquant et se tordant sur des cadavres qui étaient loin d'être aussi nombreux que je ne l'avais craint. Tout allait trop vite pour que je voie si les corps appartenaient à des gens que je connaissais. Et, de toute façon, il y avait une fille en survêtement à qui il manquait une bonne partie du visage. Fort heureusement, le déni vint s'en mêler et fit taire mes réflexions. Nous étions des vampires. Nos visages pouvaient repousser, pas vrai ? Je n'allai pas plus loin. Le gardien de la crypte se retrouva sur moi, me plaquant contre quelque chose d'extrêmement pointu qui me fit très mal. Vu la manière dont mon corps tressaillit en le touchant, cette chose était en bois et probablement en forme de pieu.

Maintenant que j'étais maîtrisée, le monstre ne me prêtait plus la moindre attention. Il regardait dans la salle, les yeux fixés comme des lasers sur Mellisande, déchirée, en sang, la moitié des cheveux retombée devant le visage. Avec le gros de sa clique et ce qui restait de l'équipe Bêta, elle tenait tête au conseil. Nous devions êtres arrivés dans le sanctuaire.

Le conseil et les sous-fifres s'étaient retirés derrière une sorte de champ de force que mon petit copain s'efforçait de maintenir. La sueur dégoulinait, rouge sang, sur le visage de Bobby, et il avait les cheveux dans ses adorables yeux. Je n'avais jamais rien vu de plus beau. Même si je ne le lui avouerais jamais. Des remarques de ce genre, les mecs, ça les rendait bizarres. Mais j'étais trop fière de lui qui faisait obstacle à un vrai carnage.

Il croisa mon regard pendant que j'étais plaquée au sol et marmonna quelque chose qui ressemblait à *Je t'aime*. Je fus envahie par des sentiments complètement cucul la praloche. Je ne me laissai cependant pas gagner par la douceur de cet « abandon dans l'autre » machin chose et, en m'écartant un tantinet du pieu, je réussis à rendre mes tremblements un poil plus supportables. Et puis, voyez-vous, si j'avais fondu, j'aurais été fichue. L'amour, c'était un poison. Dommage qu'il se présente dans un emballage aussi adorable.

— Bobby, lâche le bouclier, ordonna Mellisande en faisant fi du médium marteau et de notre petite interruption.

Mon détachement – l'équipe Alpha – entra par la porte derrière moi et s'arrêta net pour évaluer la scène.

— Non ! lança Bobby, agacé. Je n'ai pas ouvert les portes. Je ne vais pas t'aider à tuer.

Il avait donc résisté à la compulsion à laquelle elle l'avait soumis pour qu'il l'assiste dans son invasion. Trop fort, lui ! Mais il ne pourrait pas tenir éternellement, c'était clair. Du sang allait encore couler. Probablement le sien, même.

— Les Lémuriens ! criai-je.

Cette équipe, c'était l'identité de notre école. J'espérais juste que l'esprit combatif toucherait assez de gens.

— Est-ce qu'on va laisser ces vampires nous plonger dans leur guerre stupide ou bien est-ce qu'on va se défendre ? demandai-je.

— Se défendre ! cria Bobby, de derrière la barrière, pour me soutenir.

Mellisande le fusilla du regard.

Le médium fixa de nouveau sur moi ses yeux effrayants. Enfin, fixer est un bien grand mot. Son visage était tourné de mon côté, mais son regard était complètement ailleurs, comme s'il essayait de voir l'avenir.

— Ça va, je ne te gêne pas trop ? demandai-je.

Je ne sais pas ce qu'il vit, mais il s'écarta lentement. Je ne m'y fiai pas.

— Alistaire ! hurla Mellisande.

En entendant ce nom, le connard et la super nana du conseil dont j'avais surpris la conversation dans le bureau de Melli en eurent le souffle coupé.

— C'est impossible, dit l'homme.

— Il n'a même pas l'air… souffla la femme.

— Humain ? demanda Alistaire avec ce rire effrayant qui lui était propre. Non, ma jolie, jolie. J'imagine que non. Alistaire a vidé les lieux.

— Mais tu es mort, dit l'homme. Mellisande t'a tué.

— En effet, admit le givré – Alistaire. Je suis la mort en personne. La mort réchauffée. L'ange de la mort. Oui, c'est tout à fait ça. Je suis l'ange noir de la mort qui se glisse à petits pas.

A supposer qu'un vampire puisse pâlir, ce fut le cas du conseiller. Je ne comprenais que dalle à ce que racontait Alistaire, mais ce n'était visiblement pas le cas de l'autre type. Qui était donc cet Alistaire pour que sa résurrection chamboule leur univers ? C'est alors que je saisis. Est-ce que les gens du conseil n'avaient pas quasiment accusé Melli d'avoir assassiné son sire ? Pouvait-il être… ? Mais comment ? Avait-elle tenté de le tuer sans y parvenir, le transformant, allez savoir comment, en cette créature barjo qu'il était à présent ? Peut-être même qu'ils avaient fomenté ensemble le dessein d'affranchir Alistaire du contrôle du conseil, et que les choses avaient tourné au vinaigre.

Quel que soit le passé, cependant, c'était, à cet instant précis, le moment idéal, pendant que tout le monde était encore à chanceler, pour que nous passions à l'attaque.

— Maintenant ! criai-je en me relevant et en saisissant mon unique pistolet à eau, toujours coincé dans mon pantalon et ne faisant qu'un avec mes côtes.

Les survivants des équipes Alpha et Bêta se levèrent.

Melli pivota en essayant de faire face à la menace sur tous les fronts. Le reste de ses sous-fifres – Godzil, Fauconman, Trucs Un et Deux, dame-blonde-sans-surnom, Pluto – tous se serrèrent autour d'elle comme une sorte de protège-slip.

Mais mes sous-fifres à moi, mes Lémuriens, mes... *amis*, supérieurs en nombre, firent cercle autour d'eux, tous fumasses, et avec raison, de voir leurs potes tomber dans le jeu de pouvoir du dragon.

Et puis ce fut la zizanie. Un premier coup fut tiré, et le hurlement strident d'une femme me creva le tympan. Mais je n'arrivais pas à savoir d'où cela venait parce que le pouvoir de Bobby avait flanché. Lui et le bouclier tombèrent en même temps.

Je m'élançai vers lui, et la dame du conseil m'intercepta. Je la tenais sous la menace de mon pistolet à eau tandis qu'elle n'avait à sa disposition que ses crocs et ses ongles en pointes. Jolie manucure, du reste, avec un éclat de faux diamant au bout de chaque doigt.

— Il est à moi, lui dis-je.

— A nous, maugréa la dame.

Je lui tirai juste entre les deux yeux et la plaquai au sol pendant qu'elle hurlait de douleur, ce qui fait que je pouvais me tenir entre Bobby et le reste du monde ; c'était totalement stupide puisque c'est lui qui détenait tout le pouvoir.

La nana se rétablit presque aussitôt et me saisit par le bras, ses ongles diamantés s'enfonçant dans ma chair comme des piques. Elle me retourna brusquement, m'éloigna de Bobby et me ramena vers le chaos qui avait éclaté autour de nous. Je levai le pistolet à eau pour mitrailler à nouveau, mais ma main se cogna dans quelqu'un.

L'impact dut toucher un nerf ou quelque chose, car ma main s'engourdit et s'ouvrit d'un seul coup. Le pistolet partit dans les airs. Sa crosse percuta Godzillette, mais sans produire le moindre effet.

Moi, pendant ce temps, je me faisais quasiment déboîter le bras. Je me tordis la cheville en essayant de m'arracher à cette poigne et je me retrouvai en suspens au-dessus du sol, mon bras toujours derrière moi et relevé dans une position vraiment inconfortable. Tout autour s'entendaient des *kaï-yahs* et autres cris de pouvoir, des grognements et des rugissements de fureur. Pendant le combat, personne ne m'entendit gémir : j'en profitai pleinement.

Puis quelque chose m'attrapa l'autre bras et m'éloigna brusquement de ma ravisseuse… ou tenta de le faire. L'espace d'un instant, j'eus l'impression qu'on m'écartelait, tel Mel Gibson dans *Braveheart* (du temps où il était plus mignon que fou). Je ne parvenais pas à inspirer pour hurler. Ma vue commença à se brouiller. Et puis quelque chose céda. Pendant une seconde, je crus que c'était moi, que mon corps avait craqué et que l'absence de douleur, c'était la mort, mais le relâchement soudain m'envoya dans la chose qui avait joué au tir à la corde avec moi.

Fauconman.

— Ça ne te suffit pas de m'avoir tuée une fois ? demandai-je, la poitrine me cuisant à force d'avoir essayé d'y faire entrer de l'air.

Il ne répondit pas. Il se contentait de me secouer, me jetant tout droit dans les bras de mon ennemie jurée,

Melli-nome. Puis il se retourna pour s'occuper de la gonzesse du conseil.

— Tu es morte.

— Euh… sans déconner. Merci pour le scoop.

Je n'aurais peut-être pas dit cela si j'avais remarqué le pieu dans sa main. Moi, je n'avais rien. Plus de pistolets à eau, pas de bâtons pointus. J'étais fichue.

Mellisande bondit sur moi, le pieu paré pour tuer. Je n'avais nulle part où aller. Pas avec Fauconman qui se battait à deux pas et ne me laissait aucun espace, si ce n'est peut-être pour un voyage fatidique. Je n'eus même pas cette chance. Le pieu entra comme dans du beurre. La douleur fut tellement intense que je n'y voyais goutte ; mes genoux plièrent, et je tombai par terre. Mais je n'étais pas morte. Les qualités de précision de Melli, tout comme sa personnalité, étaient à côté de la plaque. Reste que j'étais incapable de faire quoi que ce soit si elle renouvelait sa tentative. Je forçai mes mains à attraper le pieu, pour le retourner sur Melli, mais chaque, genre, synapse ou autres de mon cerveau était inondée par le message suivant : *Aïe ! j'ai un fichu pieux qui sort de ma poitrine.*

Quelqu'un frappa Mellisande, et elle faillit tomber sur moi, lorsque Fauconman vola à son secours. Les gens continuaient à se battre autour de moi, me laissant pour morte.

Gina ? demanda une voix dans ma tête.

Bobby ?

Je fus envahie par une telle chaleur que j'en oubliai presque le pieu et le fait que certaines personnes étaient là, en train de se battre – et pas en train de mourir avec un peu de chance – à cause de moi et aussi que je n'avais aperçu nulle trace de Marcy. C'était comme le soleil lors de la première journée de printemps vraiment chaude, lorsque le monde entier sort en short pour jouer à la balle ou au frisbee ou autre. L'émotion me gonfla tellement le cœur que je crus qu'il allait effleurer le pieu.

— Ça suffit ! cria Bobby, sa voix hors de ma tête désormais.

La puissance se propageait hors de lui avec la force d'un ampli de concert de rock. A tel point que j'en eus la chair de poule. Tous les poils de mon corps se mirent au garde-à-vous, mettant ainsi en évidence le besoin urgent que j'avais de raser certaines zones. Dans la pièce, tout le monde se figea, sauf moi. J'eus soudain l'impression que mes mains pourraient presque bouger à nouveau ; comme si la décharge de puissance de Bobby m'avait boostée. Plissant les yeux sous l'effort, je relevai vers ma poitrine des mains qui faisaient plus penser à des enclumes et je m'évertuai à les refermer sur le pieu. Pendant ce temps, Bobby maintenait la pièce envoûtée.

— Un nouveau pouvoir est arrivé, et c'est nous, dit-il, semblant entièrement retapé, voire fort.

Une force avec laquelle il allait falloir compter.

— Vos batailles, ça m'est égal, mais vous les livrerez ailleurs. Mozulla est une ville de lycéens désormais !

La puissance de ses mots me gagna et envahit la pièce. On aurait dit qu'il ne faisait pas qu'établir la loi, mais qu'il établissait la réalité ; ce qui était largement plus cool. Je me demandai si l'un ou l'autre l'aurait laissé vivre s'il avait su qu'il ferait une chose pareille.

J'étais toujours prise de picotements lorsque je retirai le pieu de ma poitrine… lentement, parce que j'étais incapable de faire autrement. Mon corps se convulsa, mais je réussis à maintenir le pieu et à achever le boulot. Heureusement que j'étais déjà par terre parce que la douleur, sinon, m'aurait fait tomber.

— Les Lémuriens, on bouge, fit Bobby.

Il vint m'aider à me relever. Lorsqu'il passa ses mains sous mes bras pour me soulever, je haletai. Ma poitrine était en feu.

— Je ne vais pas pouvoir les contenir longtemps, murmura-t-il à mon oreille, brisant ainsi complètement mon fantasme du petit copain demi-dieu.

Je fis de mon mieux pour trouver mes marques.

— Marcy ? murmurai-je.

— Je crois que je sais où elle est retenue.

Il dut falloir une force titanesque pour maintenir certaines personnes immobiles et libérer les autres. Cela devait être pour ça que, lorsque j'embrassai la pièce du regard pour voir qui était encore debout, j'aperçus Mellisande et le médium tressauter. Je me souvenais de Connor disant que Melli était résistante, comme moi. Tout ce que j'espérais, c'est que Bobby, en qualité de « clef », avait développé un pouvoir suffisamment grand pour la contenir. Quant au médium… il ne connaissait ni foi ni loi.

Les autres – Frank, le type avec des piques sur la tête qui avait conduit la camionnette, Cassandra, Katie et Di, et davantage encore – se dirigèrent vers la sortie. Sur le sol, j'aperçus une coiffure à la garçonne et je reconnus là mon travail. Je m'approchai de la fille gisante et la retournai. J'en eus le cœur déchiré. Il n'y avait rien à faire. Quelqu'un avait su mieux viser que Melli.

— Par ici, me rappela Bobby, debout dans l'embrasure de la porte par laquelle les autres lycéens étaient passés une fois le moment propice.

Je m'y dirigeai aussi, enjambant un autre corps qui m'était familier : Rick. Sa poitrine se soulevait encore, mais tout juste. On avait du mal à croire que la fille coiffée à la garçonne, un vampire immortel, puisse survivre tandis que Rick, l'humain, était toujours en vie. Ce qui voulait dire qu'il me fallait l'emmener avec nous. Je ne pouvais le laisser en pâture au conseil.

— Aide-moi, demandai-je à Bobby.

Si je n'avais pas été blessée à la poitrine, j'aurais sans doute pu me charger moi-même de Rick avec ma force centuplée de vampire, mais j'avais l'impression que mon torse allait se déchirer en deux. J'allais avoir besoin d'une bonne dose de sang pour guérir, et mon seul et unique servant humain avait clamsé provisoirement.

Bobby m'aida à le traîner dans l'entrée. Puis, une fois que nous fûmes tous sortis, il referma la porte et la fit, genre, disjoncter. Puis il me dit que j'allais devoir me débrouiller seule. C'était à moi de traîner Rick et de conduire les autres en lieu sûr. Lui, il partirait chercher Marcy.

Je m'apprêtais à suggérer que lui s'occupe de traîner et que je me charge du sauvetage lorsque quelque chose cogna contre la porte.

— Vite ! dit-il.

Alors, puisqu'il savait par où passer pour rejoindre le front Marcy et que je l'ignorais, je compris soudain qu'il était judicieux que ce soit moi qui sorte.

Nous trouvâmes Trevor sur les marches, là où il était tombé. Il gémissait, les yeux à peine ouverts et clignant.

— Trevor, dis-je brusquement, et ses paupières s'ouvrirent d'un coup, ses yeux réussissant à peu près à me fixer. Si tu n'as pas l'intention de mourir aujourd'hui, je vais avoir besoin de ton aide. Debout. Emmène tout le monde aux camionnettes.

Cassandra me lança un regard choqué et, derrière moi, elle se précipita pour aider Trevor à se lever. Mais je comptais sur le sens du devoir pour le pousser, tel un bon soldat, à se sortir de là – lui ainsi que tous les autres – vivant. Je les laissai passer devant, ne retenant que Di pour qu'elle m'aide avec mon fardeau.

— Beurk ! fit-elle lorsqu'elle toucha Rick pour le soulever. Il est mort.

— Sans blague ! C'est vrai qu'il est le seul ici ! En plus, il a seulement perdu connaissance, dis-je. Il va se remettre.

Elle ne répliqua rien, mais elle était aussi dégoûtée à l'idée de le toucher que je pouvais l'être quand je pensais à de la mayonnaise ou du cottage cheese. Surtout du cottage cheese. J'en frissonnai. Ça devrait être interdit, des trucs pareils. A plus forte raison si ça entrait dans mon corps.

— Allez aux camionnettes ! criai-je. Remplissez-en une… et partez ! Laissez-en une pour ceux d'entre nous qui restent.

S'il n'y avait eu que moi, cela dit, j'aurais pris la T-bird. C'était sympa comme voiture. Cela se mit à bouchonner lorsque ceux qui étaient devant s'arrêtèrent pour ramasser une autre camarade, celle à qui appartenait le bras qui bloquait la porte d'entrée. Autant qu'on en pouvait juger, elle était, miraculeusement, encore en vie même si, à cet instant, cela n'avait pas l'air de l'enchanter plus que ça. Et puis nous repartîmes. Derrière nous, les coups contre la porte se firent plus sérieux, et je sus que le sortilège de Bobby ne faisait quasiment plus d'effet.

— Allez, allez, allez, scandai-je à mi-voix en songeant à Bobby et à Marcy, et au fait qu'ils ne pouvaient pas se permettre de se faire capturer une seconde fois.

Et la véritable mort était absolument inenvisageable.

Nous sortîmes de la maison en pleine nuit et nous nous élançâmes à toutes jambes dans l'allée, en direction de la camionnette.

— Allez, allez, allez ! dis-je, bien que personne ne semblât avoir besoin de mes encouragements.

Tout le monde s'entassa à l'intérieur, même s'il y avait bien plus de passagers que de sièges, mais quelqu'un – Trevor ? – résolut quelques problèmes d'espace en ouvrant les portières arrière et en foutant Connor dehors.

Je me demandais comment ce dernier allait s'expliquer à Melli une fois qu'elle serait libérée (à supposer que le conseil ne l'achève pas), mais cela m'était un peu égal. Cependant, malgré ce gain d'espace, il n'y avait pas de place pour Rick et moi dans la camionnette.

— Grimpe, dis-je à Di. Je vais m'occuper de lui à partir de maintenant.

Elle reposa délicatement Rick sur moi et m'obéit.

— Retournez chez Mellisande, criai-je par la portière ouverte. Commencez à réfléchir aux moyens de protéger les lieux au cas où les autres nous poursuivraient.

— Y a quelqu'un qui t'a nommée chef ou quoi ? hurla un mec, un rescapé de l'équipe Bêta, visiblement. Parce qu'Alpha et moi, on s'est déjà occupés de ça.

— Personne. *Pas encore*, répondis-je.

Cela suffisait pour le moment. On pourrait attendre le lendemain pour passer au vote. Je n'avais pas l'impression, cette nuit-là, d'en demander trop.

Frank était déjà installé derrière le volant. Il me claqua presque la portière au nez, puis partit en faisant crisser les pneus. Je n'eus pas à lui dire deux fois de se carapater. Je me reculai d'un bond, car il faillit me rouler sur les orteils. J'avais bien envie de le maudire, mais il ne faisait que suivre les ordres. Si j'étais réellement « le chaos » (ce dont je doutais), je ne voulais pas condamner l'ensemble de la camionnette à une collision frontale sous prétexte que lui était un con.

Au lieu de cela, j'employai mon énergie à fouiller rapidement Rick pour trouver ses clefs. Je ne pouvais m'empêcher de penser qu'il regretterait d'avoir loupé ça. Les clefs se trouvaient dans sa poche de droite et n'étaient pas enfoncées tout au fond. J'évitai donc, par bonheur, un moment vraiment gênant.

Nous arrivâmes à la T-bird. Je me contorsionnai sans lâcher Rick, jusqu'à ce que j'arrive à l'étendre sur la banquette, et je montai côté conducteur. Puis j'attendis. Je m'étais dit que je n'attendrais pas, que Bobby et Marcy pourraient prendre l'autre camionnette. Mais je doutais que mon petit copain sache faire démarrer un véhicule sans les clefs. Pas avec son éducation de chevalier servant. Sans compter que ça me paraissait mal de partir sans eux, comme si je les abandonnais.

Sans Rick, je serais sans doute retournée à l'intérieur en courant. Mais sans téléphones portables ou autres (ne pas oublier : lorsque je prendrai les rênes, nous aurons tous des écrans tactiles), nous serions réduits à jouer à un jeu de Marco Polo pour nous retrouver. Cela ne ferait que retarder les choses, peut-être suffisamment pour que le conseil démolisse la porte.

Alors, j'attendis. Ça ne pouvait avoir duré aussi longtemps qu'il paraissait. Je mourus d'ennui plus de cinq fois. Et puis enfin, Bobby et Marcy sortirent en titubant. Elle était dans un piteux état – comme si quelqu'un avait essayé de lui faire une entaille à la G.I. Jane sur le devant et avait laissé long derrière. C'était comme la pire nuque longue de tous les temps, mais au moins la zone scalpée repoussait.

Je descendis de la voiture en tombant, et nous nous enlaçâmes. Marcy versa de grosses larmes qui, je le savais, laisseraient des taches rouges. J'avais donc bien fait de porter des couleurs foncées.

— Est-ce qu'on peut faire ça plus tard ? demanda Bobby en regardant derrière lui.

Il y eut une explosion qui provenait de l'intérieur de la maison, très semblable au bruit que ferait une porte enfoncée et venant claquer contre le mur opposé. Marcy hurla.

— Monte derrière, lui dis-je en la poussant quasiment sur Rick.

Elle hurla de nouveau tandis que Bobby et moi montions devant. J'avais laissé le moteur tourner et j'appuyai à fond sur l'accélérateur. Pied au plancher. La T-bird bondit en avant, faisant voler les gravillons, et c'était parti. Bobby se retourna, ne se fiant apparemment pas au rétroviseur.

— Ils nous suivent ? demandai-je.

— Non, répondit-il, l'air surpris.

— Pourquoi pas ?

C'était une question stupide, comme si je voulais vraiment qu'ils nous suivent, mais ça m'échappa.

— D'après moi… il ne reste pas assez de temps avant le jour pour un autre combat. Ils n'ont pas de stratégies, ils ne savent même pas combien ont survécu. En plus, ils ont encore à faire face à Mellisande et à ses gens.

— Mais demain ?

— C'est possible. C'est encore nouveau pour nous, mais si j'étais le conseil, je ne nous laisserais pas le temps d'élaborer un plan.

— Tu ne crois pas que ton sortilège va durer ?

— C'est comme ça que ça s'appelle maintenant ?

Je lui adressai un sourire espiègle.

— T'as un meilleur mot ?

Il me sourit à son tour et, l'espace d'un instant, j'oubliai de quoi nous parlions. C'était trop de la balle de l'avoir pour moi toute seule encore une fois.

— Fais gaffe à l'arbre ! cria Marcy à l'arrière.

Je m'étais déportée sur le bas-côté de la route, ce qui, à la périphérie de Mozulla, voulait dire glissières ou arbres. Je ramenai brusquement la voiture sur la gauche. Le charme était rompu.

— Ça va ? finis-je par demander à mon amie.

Fallait bien que je me rattrape.

Depuis son perchoir sur les jambes de Rick, elle me regarda, incrédule.

— Ça baigne. Une perruque à la J.Lo et une douche, et je repars comme en quarante.

— Génial.

— Donc, c'est toi la responsable maintenant ? demanda-t-elle.

Je regardai Bobby.

— En partie, j'imagine.

— Trop cool.

21

Nous étions donc là, toute une maisonnée de vampires sans servants humains pour nous protéger pendant que nous plongions, vulnérables, dans un profond sommeil. Nos ennemis, que ce soit Melli ou le conseil, n'avaient pas ce handicap. Et les gens du dragon avaient une clef et des codes d'accès.

Etant donné que Bobby avait été séparé et n'avait pas vécu avec tout le monde comme cela avait été mon cas, ce fut vers moi – *moi* – que tout le monde se tourna pour une stratégie de défense. Ça faisait trop bizarre. Je songeai à ce que je ferais si j'étais une reine, une princesse couronnée ou une diva de la pop et que je devais déléguer.

— Trev, tu te charges du sous-sol. Vois ce que tu peux faire pour la trappe et tout le reste. Quand t'auras fini, reviens t'occuper des fenêtres là-haut.

— *Trev ?* marmonna Cassandra sur un ton dangereux, comme si j'avais écorché le surnom qu'elle lui donnait.

— Comme si j'avais le temps de prononcer deux syllabes.

Trevor appela deux autres personnes et se dirigea vers le sous-sol avec Cassandra.

— Bobby, tu as une idée pour la porte d'entrée et celle de derrière ?

— Des centimes.

— *Des centimes ?* répétai-je bêtement.

— Bien sûr. C'est une vieille astuce. Tu cales un tas de centimes entre la porte et son encadrement, et tu peux ni entrer ni sortir… à moins d'enfoncer la porte.

Je me contentai de le regarder.

— Euh… génial. Sauf qu'on ne sait pas où Melli garde sa tirelire. Peut-être que tu pourrais bloquer la porte comme tu l'as fait à la maison du conseil ?

— On a vu le résultat, répondit-il. Je pense que je ferais mieux de garder des forces.

— D'accord.

Je réfléchis un instant, puis je me rabattis sur un exemple qui avait fait ses preuves.

— O.K., tout le monde, on va faire des barricades à l'ancienne. Si ça bouge, je veux que vous en mettiez devant les portes et devant les fenêtres.

Il aurait été beaucoup plus simple d'attacher de l'ail et des croix en haut des fenêtres, mais c'était relativement difficile de combattre un ennemi quand on partageait avec lui les mêmes points faibles. De toute façon, ça m'aurait étonnée que Melli garde des réserves d'articles religieux à sa disposition.

— Vite ! dis-je en prenant conscience que tout le monde continuait de me regarder. Au pas de course.

Ce fut alors une activité bouillonnante.

J'attrapai Bobby alors qu'il s'apprêtait à filer. Ce pouvoir qu'on me laissait, c'était pas rien ; mais, si le moindre truc allait de travers, ce serait entièrement de ma faute.

— Est-ce que j'ai oublié quelque chose ? lui demandai-je.

Ses yeux brillaient. Certains mecs, ça les aurait foutus en rogne de recevoir les consignes d'une fille, mais pas mon mec à moi.

— Je pense que tu t'en sors très bien.

— Oui, bah… remets les pieds sur terre, dis-je. J'ai besoin que tu sois entièrement objectif. Dis-moi tout.

Il y réfléchit, ses yeux sur mes lèvres, comme si parler n'était pas le seul usage qu'il voulait faire de sa bouche. Pendant un court instant, j'imaginai un moment paisible et une chambre isolée.

— Plus tard, lui dis-je, ma voix devenue étrangement rauque.

— Promis ? demanda-t-il.

— Si c'est en mon pouvoir. Maintenant, comment on va préserver la paix ?

— La paix, j'en sais rien, mais le sanctuaire… Les fenêtres sont trop vulnérables. Même si on réussissait à trouver assez de trucs à entasser devant, ça tiendrait mal, ça serait facilement renversé. En plus, c'est pas en nous défendant qu'on sortira vainqueurs. Ça me fait vraiment mal de dire ça, mais il va falloir qu'on passe à l'offensive.

Il se mordit la lèvre que, moi, je voulais mordre. Enfin, mordiller en tout cas.

— J'y suis. Une fosse de punji.

— Une quoi ?

— C'est comme une technique de chasse de la préhistoire. Pousse une proie en direction d'une fosse garnie de pieux, et t'as pas besoin de te salir les mains.

Je tressaillis.

— Donc on devrait creuser des fosses sous les fenêtres et laisser nos ennemis tomber dedans ?

— Non, non, non.

Il chassa cette image d'un geste de la main.

— On fiche les pieux dans l'encadrement des fenêtres de tous les côtés, pointes vers le centre et en faisant notre possible pour les orienter vers l'extérieur. Comme ça, le premier qui passe par les fenêtres sera, sinon empalé, du moins sérieusement déchiqueté par les piques.

Je grimaçai d'horreur en m'imaginant surgir victorieusement par une fenêtre et me retrouver empalée sur un bâton pointu. Rien que d'y penser, ma poitrine me faisait mal. Mais je devais protéger mes gens. Même si je me trompais, ils comptaient sur moi.

— Fais-le, lui dis-je en m'armant de courage.

— J'aime quand tu joues les patronnes, dit-il en léchant ses lèvres de rêve.

— Et moi j'aime quand tu la joues mâle dominant.

Le mot amour n'était pas facile à sortir, mais au moins je ne disais pas « Je t'aime », trois petits mots qui signifient : « Maintenant que tu m'as, tu peux commencer à arrêter de faire des efforts. » Je n'étais pas prête à prendre cette route-là, même chaussée de Ferragamo.

— Maintenant, vas-y ! commandai-je, puisqu'il aimait tant que je commande. On perd du temps, là.

Il me donna un rapide et ferme baiser qui fit brusquement monter ma température, puis il partit.

J'allai aider les autres à traîner le bureau de Melli devant la porte d'entrée. Et ce ne fut qu'au moment de le disposer que je réalisai qu'en condamnant nos entrées, nous obstruions toute sortie. En cas d'ennuis, il n'y aurait pas moyen de battre en retraite.

22

C'était vraiment le grand luxe de se réveiller dans une pièce qui ne renfermait pas une trentaine d'autres personnes, de s'étirer et de se retrouver à côté d'un corps à moitié chaud. A l'aube, Bobby et moi, nous nous étions laissés tomber sur un lit là-haut, même si nous n'avions pas eu le temps d'en profiter.

Je me relevai sur un coude et regardai ses yeux s'ouvrir au moment où je lui caressais les côtes. Nous avions juste eu le temps d'enlever nos habits abîmés par la lutte, ne gardant que nos sous-vêtements. J'avais presque espéré que Bobby serait loilpé sous le pantalon, mais il était mec à porter des caleçons. Je portais mon minislip et mon soutien-gorge corbeille de chez Victoria's Secret. Un sourire illumina son visage lorsqu'il me vit.

— Salut, beauté, dit-il d'une voix que le sommeil avait rendue complètement rauque.

— Salut à toi, beau gosse.

— Je pourrais m'habituer à me réveiller de cette façon-là.

A cet instant, il était tellement bluffant que je baissai ma garde.

— Ouais.

Nous restâmes encore un instant à échanger des regards ardents, histoire de faire monter la tension, et puis ses lèvres se collèrent aux miennes. Il leva une main pour me caresser les cheveux et me poser la tête sur l'oreiller afin de se retrouver au-dessus de moi, appuyé sur un bras. Le sang qui, la veille, n'avait pas jailli de ma poitrine se répandit dans mon corps, sonnant l'alerte. Il n'y avait pas photo : c'était mieux qu'un cappuccino au chocolat, même accompagné d'un brownie au caramel.

La main qui caressait mes cheveux glissa ensuite délicatement le long de mon cou et s'arrêta juste au-dessus de la dentelle de mon soutif pour me caresser la poitrine avec bien trop de respect au goût de mes hormones en ébullition.

Une partie de moi, très lointaine, cherchait à attirer mon attention sur le fait que je n'étais pas encore hors de danger et qu'il me fallait rester sur mes gardes. Mais des sensations bien plus immédiates me mobilisaient.

Je glissai une main dans son dos et j'émoustillai mon doigt en le passant le long du bord de son caleçon, histoire de le narguer comme il m'avait narguée. Il geignit et se recula, ce qui n'était pas du tout l'effet recherché.

— Il faut qu'on se lève, dit-il en plongeant ses yeux dans les miens pour que je puisse voir sa répugnance. Je ne pense pas que Melli ou le conseil va laisser tomber. Si ça se trouve, ils vont même faire équipe.

— Eh bien, je suis ravie que l'un de nous garde tout son sang-froid, répondis-je, non sans une légère amertume.

J'avais l'impression d'avoir perdu une bataille importante. Je ne suffisais pas à lui faire perdre le contrôle et, pourtant, j'avais été prête à capituler. Il faudrait que je me montre bien plus prudente.

Il enserra ses bras autour de moi au moment où je tentais de m'éloigner pour m'habiller et il attendit que je le regarde.

— Ce que je dis, c'est que je ne veux aucune distraction quand je t'ai pour moi tout seul.

Il posa un baiser sur ma mâchoire fermée.

— Parce que tu mérites toute mon attention.

Il m'embrassa les paupières. Il n'y avait rien de fraternel dans la manière dont il s'y prit. Je me radoucis très légèrement.

— Très bien. Mais ils ne peuvent pas lancer une attaque aussi rapidement. Tu vas le regretter s'il s'avère que c'était notre seul moment de tranquillité.

— Je le regrette déjà, dit-il en m'adressant un regard tout ce qu'il y avait de plus sincère.

Mon Dieu, aidez-moi, je le croyais.

— Bon, très bien. Organisons-nous.

— Ça fait deux fois que tu dis « très bien ». J'ai vraiment plus la cote, hein ? Je me rattraperai.

Je le regardai dans les yeux.

— Tu l'as dit, bouffi.

Il esquissa un sourire en coin, et mes stupides lèvres me trahirent en remontant aussi. Nous partageâmes un instant, sinon aussi intense, du moins presque aussi agréable que le précédent.

— Maintenant, lâche-moi pour que je puisse m'habiller, ordonnai-je en gâchant tout.

— Oui, madame.

— Tu ferais mieux de bien me photographier en sous-vêtements parce que, si tu m'appelles encore une fois madame, ce sera la dernière fois que tu les vois.

Il se contenta d'un large sourire. Je lui tirai la langue et m'éloignai, bien trop troublée pour le regarder plus longtemps. Si seulement il se mettait en colère quand je disais ce genre de choses, toute cette situation serait bien plus simple. Mais, quand j'insistais, il *souriait*. Ça me décontenançait.

Bref. J'avais tout un placard à explorer et, pour la première fois depuis que j'avais été vampirisée, je pouvais affronter ma destinée avec style. Le placard, comme je le découvris, appartenait à la vampire blonde, ce qui signifiait que la chambre était aussi à elle. Bien entendu, comme elle était « printemps » sur toute la ligne et que j'étais « été » à fond, les options vestimentaires étaient limitées, mais je réussis à trouver une robe lie-de-vin et, pour aller avec, des chaussures à talons compensés mignonnes, mais robustes.

Je pris un instant pour me refaire une beauté avant de me montrer dans le hall qui était déjà en pleine ébullition. Apparemment, nombre d'autres lycéens avaient aussi fui la caserne en faveur des chambres du premier étage.

Cassandra me sauta pratiquement dessus lorsque je sortis. Je ne m'y attendais pas du tout, car je la croyais blottie contre Trevor.

— Tammy, la fille dont le bras est… Ben, c'est pas la forme. Il faut vite qu'on lui procure du sang. Et encore, je ne sais pas…

— Et la réserve qu'ils gardent dans le bunker ?

— On a vérifié cette nuit. Tout est épuisé.

— Et la cuisine ?

— Quelques bouteilles. Il n'y en a pas assez pour tout le monde. Soit Mellisande attendait une livraison, soit elle a une planque secrète quelque part.

J'éprouvai soudain des remords en songeant aux quelques minutes passées à glander avec Bobby pendant que les autres s'occupaient de tout le côté pratique. Je tentai de réfléchir à ce que je pouvais faire. Melli aurait dit de laisser en plan ceux qui ne pouvaient pas se battre et de fortifier les autres. Cela facilita énormément ma décision.

— Il y en a d'autres dans l'état de Tammy ?

— Pas que je sache. Aucun de ceux qui ont réussi à rentrer avec nous.

Cette réponse fut suivie d'un moment de silence.

— Donne-lui une bouteille entière. Compte combien on est et divise le reste dans des tasses, à parts égales. Demande à Trevor ou à quelqu'un d'autre de rameuter tout le monde en bas. Il faut qu'on s'organise !

Elle acquiesça d'un mouvement de tête, mais ensuite elle hésita à me presser gentiment le bras.

— T'inquiète, tu t'en sors très bien.

— Et si je merde ? demandai-je en lui laissant voir le défaut dans ma cuirasse.

Tu vois, me dis-je. *Tu laisses Bobby entrer, et tout tombe à l'eau.*

— On te le fera savoir, me dit-elle.

— Avant ou après ?

— T'inquiète, répéta-t-elle.

Puis elle fila avant que je puisse poser d'autres questions épineuses. Du genre : qu'est-ce que ça pouvait bien faire exactement qu'un train quittant Boston à cent soixante kilomètres/heure et un autre partant de New York à la même vitesse se télescopent ?

Ouais, j'avais l'esprit occupé par des accidents de trains, mais nous en étions arrivés là et, désormais, nous avions l'avantage de « jouer sur notre terrain ».

Bobby se trouvait juste derrière moi. Je le sentis s'appuyer contre mon dos et glisser un bras autour de ma taille pour me caresser le ventre.

Il m'embrassa l'épaule.

— Je vais aider à rassembler tout le monde. Je te retrouve en bas ?

J'acquiesçai d'un signe de tête, le cœur trop plein pour pouvoir parler.

Je respirai un grand coup, bien que ce fût superflu, et je descendis en vérifiant, au passage, les portes et les fenêtres. J'étais persuadée que j'oubliais quelque chose.

Gâterie.

J'eus un mouvement de recul. J'avais envie de m'arracher les yeux simplement pour atteindre le cancer que le contact de la créature répandait dans ma tête.

Attention. Ils arrivent.

C'était la dernière chose à laquelle je me serais attendue de sa part.

— Qu'est-ce que tu manigances ? Pourquoi m'avertir ? demandai-je tout haut.

Des lycéens qui passaient me regardèrent bizarrement, comme si j'avais perdu la tête. Exactement ce qu'ils recherchaient chez un meneur.

S'ils te prennent, tu m'échappes, répondit-il. Pas d'énigmes, pas de langue de bois. Cela signifiait probablement qu'il ne nous restait pas énormément de temps.

Je renonçai à vérifier les fenêtres pour me précipiter au dortoir, mais, dans ma course, je posai une dernière question. *Tu es quoi au juste ?*

Il gloussa, et le cancer à bouts tranchants de son contact se propagea dans mon esprit. *Le seul moyen de tromper la mort, c'est de l'étreindre.*

Donc, tu es la Mort ? demandai-je.

Toi, tu es le chaos. Et de quoi descendrait le chaos si ce n'est de la mort ?

Beuuuuurk !... Est-ce qu'il prétendait être une sorte de parent, comme quelque vieil oncle givré ? L'envisager était presque trop affreux. Mais, en un sens, s'il était le sire de Mellisande, qu'elle était la dame de Bobby, et que ce dernier était mon sire à moi, alors nous avions effectivement – c'était flippant – une sorte de lien de parenté. Cette idée me donnait la chair de poule. J'ignorais d'ailleurs ce qu'elle impliquait dans le monde vampirique. Quand tout ça serait terminé, pour autant que nous survivions, je fouillerais la maison de Melli afin de trouver une sorte de manuel. J'en avais marre d'avoir l'impression que j'étais la seule à ne pas savoir de quoi il retournait, qu'on jouait une sorte de pièce et que personne ne m'avait donné mes répliques. Je ne connaissais même pas l'intrigue, ou le moment où les trappes s'ouvriraient sous mes pieds.

Tout le monde, quasiment, était arrivé avant moi au dortoir. Cassandra distribuait des verres de sang à la manière d'une hôtesse de l'air. Il y en avait apparemment tout juste assez pour que chacun de nous reste concentré.

Si nous ne mourions pas ce soir-là, j'allais devoir trouver un plan pour que nous continuions à pouvoir nous nourrir. Il me faudrait sans doute effectuer d'autres tâches amusantes, comme trouver le moyen de payer les factures d'électricité. Je ne pouvais qu'espérer que Melli la malodorante possédait la maison en toute légitimité.

Je n'arrivais pas à croire que je me souciais de tous ces détails. Voilà qui expliquait pourquoi je ne m'étais jamais présentée à l'élection des délégués du lycée ou à quoi que ce soit d'autre. C'était trop de pression, pas assez de récompenses. Ce n'était pas comme si le vampire en chef avait la possibilité de marcher sur un tapis rouge vêtu en Vera Wang, ruisselant de bijoux, mitraillée sous toutes les coutures par les paparazzis. Mais je suppose que c'était toute la différence entre le dragon et moi. Je voulais le pouvoir pour que tous les yeux soient tournés vers moi ; elle, pour transformer les esprits.

Bobby entra avec les derniers et posa une main solidaire sur mon épaule.

— Il est temps.

Je promenai mes regards autour de la salle, sur tous ces visages ravigotés – certains encadrés par de jolies franges éparses, d'autres, comme celui de Marcy, pour lesquels un relooking s'imposait –, et ma bouche se dessécha. Comme si elle le savait, Cassandra me tendit la dernière petite tasse de sang. Je lui adressai un sourire reconnaissant tout en trempant mes lèvres.

— A nous et à la liberté !

Je parvins à ne m'en renverser aucune goutte sur le menton. J'avais affaire à un public super. Ceux qui n'avaient pas encore bu levèrent leur verre et m'accompagnèrent. J'étais le centre de l'attention ; il ne me restait plus qu'à découvrir comment en tirer profit.

— Ils arrivent, dis-je simplement.

J'élevai assez la voix pour qu'elle porte, l'écho me revenant à trois reprises. Personne ne chercha à savoir comment je savais.

— Si on les laisse entrer, on va au-devant de sérieux ennuis. Ceux qui survivront au châtiment se retrouveront sous le joug d'un vampire plus costaud, plus méchant, et susciteront toujours une certaine méfiance. Et je sais pas pour vous, mais j'en ai marre de leurs petites combines. J'aime avoir ma chambre à moi.

On m'acclama.

— Donc, j'ai besoin que vous ramassiez tout ce que vous pouvez. Trevor, tu diriges l'équipe Alpha. Tu t'occupes du sous-sol et des portes de derrière. Bobby, tu te charges de Bêta. Occupe-toi de la porte d'entrée et des pièces où les fenêtres sont vulnérables. On peut y arriver !

Les gens m'acclamèrent à nouveau bien qu'avec un peu moins d'assurance. Trevor les contourna et me cogna l'épaule.

— Toi, tu es chez Alpha. Est-ce que tu viens avec nous ?

Je secouai la tête.

— J'ai un autre truc à faire. (Ce qui donnait vraiment l'impression que je me défilais.) Je vais fouiller le bureau du dragon pour trouver des photocopies de plans ou quelque chose dans le genre, expliquai-je rapidement. Assure-toi qu'il n'y a plus d'entrées secrètes et essaie de voir s'il n'existe pas quelque part une autre planque avec du sang ou des armes.

Il acquiesça d'un signe de tête. Mes épaules qui, sans que je m'en aperçoive, étaient tendues retrouvèrent une posture plus confortable. Je n'avais pas la moindre idée de ce que je faisais. A cet instant, l'approbation était mon seul guide.

— Alpha, avec moi, appela Trevor.

— Bêta, par ici, dit Paul.

La pièce se divisa comme la mer Rouge. Je passai un instant à regarder ce groupe, qui était devenu sans conteste ma nouvelle famille. Des chatouillements d'émotion se firent sentir ; ma gorge se serra et mon ventre se crispa. Il fallait que ça marche. Mes camarades de classe, chacun d'entre eux, devait survivre ou autrement, quelqu'un allait voir de quel bois se chauffait Gina.

Je me faufilai hors de la pièce avant que la séquence émotion devienne trop forte et je me rendis au bureau de Melli en montant les marches deux par deux. Je commençai par les tiroirs du bureau, simplement parce que c'était le plus simple. Celui du dessus n'était même pas fermé. Je n'y trouvai pas mon bonheur non plus : des trombones, du rouge à lèvres et de l'eye-liner, des factures diverses, des élastiques, un bâton de colle desséché. Totalement inutile. A l'exception peut-être du maquillage, que je fauchai.

Les autres tiroirs nécessitaient plus d'encouragements pour s'ouvrir. Je venais justement d'y parvenir lorsqu'un garçon costaud surgit dans la pièce en me filant une trouille bleue.

— C'est Bobby qui m'envoie, dit-il alors que je m'agrippais bêtement le cœur comme une héroïne d'autrefois. Je suis censé surveiller les fenêtres… et ta personne.

La peur me rendit irascible. Comme si j'avais besoin d'un prétexte.

— Ma personne n'a pas l'intention de faire quoi que ce soit ; alors, concentre-toi plutôt sur ces fenêtres.

Comme par un fait exprès, celle du milieu se brisa. J'aurais pu hurler. Costaud – j'allais devoir commencer à retenir les noms – se retourna brusquement, son pieu levé, même si les bâtons « punji » de Bobby – ou quel que soit le nom qu'il leur avait donné – avaient déjà fait mouche : le corps qui surgit à travers s'empala. Je me préparai à l'horreur – les contorsions et les hurlements –, mais rien de tel ne se produisit. Le conseil, Melli, n'importe qui avait lancé un vampire déjà mort à travers les fenêtres pour déclencher nos défenses. Cette pensée me fit grimacer, mais elle ne dura pas longtemps.

Au dessus du corps, là où le verre s'était brisé et où il ne se trouvait aucun pieu pour l'arrêter, un truc vola droit sur nous. Il atterrit pratiquement à mes pieds et explosa. J'avais eu les yeux braqués sur la chose et elle m'atteignit comme une bombe lacrymo. Si mes poumons avaient fonctionné, ils se seraient bloqués. Mes yeux larmoyèrent, brûlant comme un feu de forêt indomptable. Du sang coulait de mon nez. Une bombe à l'ail !

— Mec ! appelai-je.

— Jim, répondit-il.

Je réprimai un « peu importe » parce que c'était vraiment important, et je m'avançai à tâtons vers la voix.

— Il faut qu'on sorte d'ici, lui dis-je.

Ma main attrapa l'un de ses biceps et serra par réflexe.

Tous les deux, nous vacillâmes en direction de la porte. Je me cognai la jambe contre l'une des chaises et je bénis ma guérison vampirique, car je n'en garderais pas la moindre trace.

Dès que nous ouvrîmes la porte, j'entendis la pagaille qui régnait dans le hall. Il faut croire qu'ils n'avaient pas lésiné sur les bombes à l'ail. Je clignai des yeux environ une centaine de fois par seconde, pour tenter de rendre ma vision plus nette, mais j'avais la tête qui tournait. Entre ça et mes yeux, c'était le flou complet. Dans la pièce que nous venions de quitter, on aurait dit que l'encadrement même de la fenêtre volait en éclats.

— Tout le monde retourne aux fenêtres, lançai-je, ma voix donnant l'impression que je m'étais gargarisée avec des lames de rasoir. Ils entrent. Laissez tomber les portes ; ils savent qu'on les a barricadées.

Jim et moi retournâmes en courant dans le bureau, des larmes de sang coulant toujours des yeux. Truc Un, splendide comme un mannequin et féroce comme jamais, avait grimpé sur le cadavre froid de son compatriote pour s'implanter dans la pièce. Il avait fait équipe avec une nana que je ne reconnus pas – elle devait venir du conseil –, mais peu importait. Ils allaient sombrer. Ma famille ne tomberait pas.

— Tu as une arme en rabe ? demandai-je à Jim du coin de la bouche.

Seulement, il n'eut pas l'occasion de répondre : ils étaient déjà sur nous. Truc Un se précipita vers moi, le pieu fusant directement vers mon cœur. Il agit sans aucune finesse, comme s'il n'attendait aucune opposition digne de ce nom. Sans défense, je hurlai, ce qui aurait pu se révéler tout à fait utile si j'avais été une banshee ou un truc dans le genre. Je bondis pour saisir l'une des chaises, dans l'espoir de l'utiliser comme un dompteur quand il est face à un félin sauvage. Les pieds, au bout en métal, ressemblaient un peu à quatre pieux très émoussés.

Nous dansâmes ainsi, lui feintant d'un côté pour aller vers l'autre, mais j'étais suffisamment protégée par la chaise pour le repousser. Ce jeu ne pouvait pourtant pas durer éternellement. Je ne pouvais venir en aide à personne pendant que je tenais mon type en respect. C'est alors qu'il me prit au dépourvu en s'immobilisant et en effectuant un roulé-boulé. Cela le conduisit sous ma chaise, de sorte qu'il pouvait m'écharper les chevilles. Je reculai d'un bon, rentrai dans le dos de Jim pendant qu'il se confrontait à la dame du conseil – même si l'appeler « dame », c'était sans doute lui faire trop d'honneur.

Jim, cependant, n'était pas plus aguerri que je ne l'étais à ce genre de combat. Lorsque la dame s'élança et qu'il esquiva le coup, c'est moi qui reçus son pieu pointu en plein dans l'épaule. Tout mon bras s'engourdit, et une partie de la chaise que je tenais tomba par terre. Truc Un en profita et s'élança, m'obligeant à lâcher l'autre partie pour le bloquer. D'un mouvement de ma main valide, je déviai le pieu suffisamment pour qu'il rate mon cœur, bien qu'il me perçât un nichon.

— Si, après ça, ils sont pas de la même taille, je te ferai bouillir la cervelle, menaçai-je, les dents serrées par la douleur.

Je suis sûr que j'étais effrayante.

Il poussa un grognement et tenta de retirer le pieu, mais il était coincé entre deux côtes. Je hurlai lorsqu'il le tourna et je me jetai sur le côté, le pieu toujours enfoncé. Avec un effort démesuré, je retirai l'objet moi-même en arrosant mon adversaire avec un jet de sang. Mes genoux faillirent céder, mais j'avais désormais une arme, à défaut d'avoir la force de m'en servir.

Truc Un, comme par magie, sortit un autre pieu et se précipita vers moi de nouveau. Ma seule chance consistait à le prendre de vitesse, mais cela supposait de me retourner. Du coin de l'œil, je vis la conspiratrice du conseil s'effondrer. Je fis semblant d'asséner un coup à Truc Un pour le distraire pendant que Jim le poignardait dans le dos. Ça pouvait sembler dégueulasse comme coup, mais en amour comme à la guerre, comme on dit… Je pouvais difficilement avoir trop d'états d'âme quand il était question de tuer ou d'être tué.

— Merci ! criai-je en courant – ou plutôt en joggant, car j'étais vidée – vers la porte.

— Le couloir, expliquai-je brièvement pour conserver des forces. On va voir si d'autres ont besoin d'aide.

Nous atteignîmes la porte du bureau au moment même où toute la maison se mettait à trembler.

23

Dans le couloir, c'était la pagaille. C'était à croire que les vampires étaient entrés de tous les côtés, nous encerclant. Une bande de lycéens avaient battu en retraite dans ce couloir et, sur le point d'être assaillis, se serraient les uns contre les autres.

— Hé ! criai-je aux vampires qui se rapprochaient. C'est moi que vous cherchez ?

C'était vraiment à qui l'emporterait, de mon ego ou de ma gueule, mais cela produisit l'effet voulu. Ceux qui étaient le plus près se retournèrent brusquement, me mettant face à face avec le dragon laideron.

Elle montrait les dents, une grimace qui était devenue un cliché hollywoodien. Reste que je voulais le nom de son dentiste, car son sourire était d'une blancheur éblouissante.

— Enfin, gronda-t-elle.

Elle s'élança. Sans crier gare, sans mots d'esprit. Un face à face avec mon ennemie jurée aurait dû au moins impliquer un bon monologue et tout le temps nécessaire à une belle échappée, mais je n'eus qu'une demi-seconde avant que ses mains n'empoignent mon cou comme dans un étau.

Ses serres faisaient couler le sang en s'enfonçant profondément dans ma chair. Etant donné que je n'avais pas besoin de respirer, je me demandai si je l'avais rendue complètement folle ou si elle comptait me couper la tête très, très lentement.

Je me rappelai le pieu que j'avais retiré de mon corps et réussis à lui enfoncer dans la hanche celui que je tenais, sa poitrine étant trop appuyée contre la mienne, un peu à la manière – c'était flippant – d'un puzzle.

Elle poussa un hurlement et recula d'un bond, mais je ne lâchai pas le pieu qui sortit de son corps avec un bruit humide de succion dont ma mémoire garderait toujours le souvenir.

— Espèce de salope ! dit-elle.

— C'est celui qui dit qui y est ! rétorquai-je aussitôt.

Bon, j'admets qu'il fallait que je travaille mes répliques, mais, à cet instant précis, j'étais soumise à une toute petite pression...

Elle bondit sur moi à nouveau, cette fois en écartant mon pieu d'un coup lorsque je tentai de viser sa poitrine. Ma seule arme tomba par terre et roula directement sous mes pieds.

Je tombai, mais j'emportai Melli-nome dans ma chute, fruit de l'impulsion que me donna son coup et du craquement sévère que produisit mon pied au contact de son tibia lorsque je tombai.

Elle atterrit sur moi et je me débattis de toutes mes forces pour inverser la situation, mais elle ne me fit pas de cadeau, enfonçant ses dents dans mon cou comme si elle voulait le déchirer. J'essayai de la repousser, mais mes mains étaient lentes et faibles. La lumière vacilla autour de nous... à moins que ce ne fût ma vision.

Les aperçus intermittents que j'obtenais n'annonçaient rien de bon : Jim tombant, un pieu dans la poitrine grâce aux soins de Truc Deux ; Bobby sous la menace d'un club qui arrivait vers sa tête au moment où, d'une main, il désarmait deux vampires du conseil ; Pam et Vanessa abattant l'anonyme nana blonde à l'aide de leurs pistolets à eau... Bon, d'accord, cette dernière image était encourageante.

Je tentai d'avertir Bobby par un cri, mais ensuite toute la maison trembla.

Une lampe s'écrasa par terre, répandant des éclats brillants, et une étagère de magazines tomba avec un bruit sourd d'un tas de trucs qu'on avait entassés devant la porte.

— Police ! cria une voix qui possédait sa propre reverb.

Le type semblait parler dans un mégaphone et n'avoir aucune envie de plaisanter.

— Ouvrez !

Melli et moi, nous nous regardâmes. L'espace d'une demi-seconde, nous étions toutes les deux sur la longueur d'onde « Oh ! merde ». Seulement, j'aurais pu parier que les mots qu'elle employa étaient vachement moins distingués.

— Je te tuerai, gronda-t-elle.

— Tu peux essayer, répondis-je.

Elle prit appui sur moi pour se relever.

— Avec moi ! appela-t-elle.

Les envahisseurs, ceux qui pouvaient se lever, regardèrent Mellisande.

— Je connais une autre sortie, dit-elle.

Je lui souhaitai bonne chance pour arriver à déplacer la pile de lits et à s'échapper à temps, mais je n'étais pas disposée à les poursuivre.

La porte trembla de nouveau, et la voix gronda :

— Je ne vais pas le répéter cent fois… OUVREZ !

Les lettres capitales du dernier mot étaient aussi claires qu'un ciel nocturne sans nuages.

Je regardai Bobby, Trevor, tous ceux dont le regard croisait le mien.

Ça faisait chaud au cœur de les voir, là.

Et une pensée me traversa soudain l'esprit. Bien que mon projet de m'incruster à la cérémonie de remise des diplômes ait eu surtout pour but de reconquérir ma vie, j'avais devant les yeux tout ce que je souhaitais vraiment. Et j'avais une idée sur la manière de le conserver.

— On pourrait s'enfuir, leur dis-je. Je leur en voudrai pas, à ceux que ça tente, mais j'ai une idée pour faire ça à notre façon.

— Non.

C'était la voix de Tina-la-taspé, qui s'avança en plein dans mon espace vital. Curieusement, le regard ému que j'avais posé sur l'assemblée ne l'avait pas englobée.

— Jusqu'ici, tes ordres nous ont amené le conseil et la police. Je propose qu'on fasse un vote.

J'étais tout sauf d'humeur à supporter ses petites mesquineries.

Quelque chose de lourd cogna contre la porte, faisant tomber d'autres meubles par terre. Je vis que l'occasion de prendre le contrôle était sur le point de m'échapper.

— Très bien, dis-je, non sans la surprendre. Que tous ceux qui sont pour que Tina soit notre porte-parole lèvent la main.

J'attendis qu'elle lève la sienne, comme je savais qu'elle le ferait. Ce qui la laissait à découvert, et je lui décochai un gnon en plein sur le nez. Il y avait une éternité qu'elle me tapait sur le système. Il était temps que je lui rende la pareille.

Et ça faisait du bien. Son nez craqua sous mon poing. Je savais que ça guérirait, mais, pour le moment, la satisfaction me suffisait.

Elle hurla et tomba par terre.

Chaz me regarda, ahuri, comme s'il redoutait d'être le prochain sur la liste. J'avais cependant bien d'autres chats à fouetter.

Je fis bouffer mes cheveux, je défroissai mes vêtements déchirés par la lutte et j'allai laisser les lions entrer.

— On ouvre ! criai-je derrière la porte aussi fort que possible. On n'est pas armés.

Je retirai la première couche de bric-à-brac et la laissai dégringoler par terre.

— Un petit coup de main, là ?

Les autres lâchèrent leurs armes et vinrent défaire la barricade.

— C'est quoi le plan ? demanda Trevor.

— On sort du placard.

— Tu es homo ? demanda Tina, si ce n'est que ça ressemblait plutôt à un truc comme « é o-o ? ».

Je ne lui prêtai aucune attention.

— Quelqu'un les a fait venir, expliquai-je. Ce qui veut dire que les scanners radio de la police ont probablement capté l'appel et tout. Même si Bobby pouvait immobiliser tout le monde par son pouvoir, ce serait impossible de cacher tous ces cadavres indéfiniment. La seule autre possibilité, c'est de fuir. Si on fait ça, on n'aura jamais de lieu sûr ; le conseil ne veut pas qu'on circule librement. Il nous pourchasserait. Mais si on peut faire les gros titres…

Trevor interrompit ce qu'il était en train de faire.

— Tu déconnes, hein ? Pense à l'hystérie, au gouvernement, aux cobayes…

— Tu serais pas un peu parano ? demandai-je, même si j'avais éprouvé des inquiétudes similaires.

Mais j'avais une solution… peut-être.

— Tout ça, ça nécessite de la discrétion. Nous, on va faire éclater toute l'affaire au grand jour.

Il me lança un regard que je commençais à bien connaître, celui qui disait que j'étais complètement folle, mais qu'on allait faire avec. Et là-dessus, il sortit de sa torpeur.

— J'espère que tu sais ce que tu fais, dit-il.

— Moi aussi, marmonnai-je.

La patience du flic dura peut-être une demi-seconde de plus, et il cria :

— Qu'est-ce que vous trafiquez là-dedans ?

Le bruit qu'on faisait en déplaçant les meubles avait dû le perturber. Les décorateurs d'intérieur devaient probablement le mettre dans tous ses états.

— On a été attaqués. On a dressé une barricade pour nous protéger, criai-je à mon tour. On en a pour une seconde.

Le silence se fit dehors, mais je choisis de considérer que c'était bon signe.

— Vite, dis-je.

Il ne nous restait plus qu'un canapé et un tas de bouquins qu'on avait retirés de leurs étagères. La seconde promise fut suffisante pour les déplacer.

Je fis signe à Katie d'ouvrir la porte et d'accueillir les policiers. Elle serait la plus à même de les mettre à l'aise.

A moins que nous ayons affaire à Dupond et Dupont, ils avaient dû découvrir les cadavres qui pendaient de nos fenêtres, mais il était impossible de se retrouver face à Katie et à sa grâce de danseuse étoile et de penser : « Tueur fou. »

Avec un peu de chance, ils auraient même remarqué que la vitre de la fenêtre avait été brisée de l'extérieur et que les corps devaient avoir été lancés contre nous (ou qu'ils avaient péri en attaquant, si la police, pour établir l'heure de la mort, était aussi compétente que moi je l'étais en algèbre).

Katie me regarda comme si je l'avais trahie, mais je m'expliquerais avec elle plus tard. En attendant, du moins, elle ouvrit la porte avant que de nouveaux coups puissent retentir.

Il y avait deux flics, de chaque côté de la porte, comme si nous avions pu les abattre s'ils étaient restés en plein milieu.

Et ils avaient des renforts. Dans une ville de la taille de Mozulla, cela représentait la moitié des effectifs de la police.

— Messieurs, dit-elle, comme si elle venait subitement de s'arrêter de courir. Dieu merci, vous êtes venus !

Tous paraissaient très troublés. Confrontée à un groupe d'ados respirant l'innocence et couverts de sang, je suppose que je l'aurais été aussi… jusqu'à ce qu'ils aperçoivent Bobby.

A cet instant, leurs regards se durcirent, et les pistolets qu'ils avaient commencé à baisser lentement revinrent tout à coup au centre de masse… la sienne.

— Les mains en l'air, toi, dit le plus grand des deux.

Il avait un écart entre les dents de devant, ce qui était censé être un signe de sensibilité ou de sensualité ou de quelque chose comme ça, mais l'assurance avec laquelle il pointait son arme en offrait le démenti.

J'avais complètement oublié le statut d'« homme recherché » de Bobby. Cette fois, on allait payer.

— Il y a eu erreur, dis-je.

L'agent, qui n'avait pas encore repéré ma petite personne, se raidit de stupéfaction.

— Mais toi… toi… et lui…

Son partenaire laissa échapper un sifflement.

— Ben, elle n'est pas la seule.

Ben regarda, avec beaucoup d'attention, le reste d'entre nous et retira délicatement une main de son pistolet pour se signer.

— Doux Jésus, marmonna-t-il.

Une camionnette de télévision s'arrêta devant, tout juste visible par-dessus les épaules de Ben, de – à défaut d'un meilleur nom – Jerry et leurs renforts. Sur la porte coulissante, on pouvait lire News Channel 9, ce qui voulait dire soit Chad Erickson, soit Sandra Barnes. Chad possédait un menton fendu trop top, mais Sandra et moi, nous pourrions faire du shopping à gogo. Elle avait un goût d'enfer.

— Vous ne voulez pas entrer ? demandai-je aux flics en m'avançant à côté de Katie pour jouer les hôtesses.

Ils nous regardèrent ; ils se regardèrent. Visiblement, des jeunes qu'on croyait morts et dont le corps passait pour avoir été ravi, qui tout à coup marchaient et vous offraient l'hospitalité, cela avait endommagé leur mécanique cérébrale.

— Est-ce qu'on ne devrait pas attendre les inspecteurs et… la police scientifique ?

— Je vous en prie, dit Bobby. Entrez.

Cela ne manquait pas de courtoisie, mais, derrière les mots, je sentais le pouvoir. J'en eus la chair de poule, à tel point que mes bras ressemblaient au sommet de la tête de Marcy.

— Vous aussi, ajouta-t-il lorsque Sandra Barnes arriva en courant vêtue d'un power suit rouge et de talons aiguilles assortis.

Vu l'aisance avec laquelle elle portait ces trucs-là, elle aurait probablement pu courir vingt kilomètres sans une seule ampoule. Elle sema même son caméraman de plusieurs enjambées, mais tous les deux se trouvaient suffisamment près pour sentir le pouvoir de l'invitation de Bobby.

Tous entrèrent, le visage presque détendu. Pendant qu'ils me passaient devant pour suivre mon petit copain dans le repaire du dragon, je restai en arrière pour prononcer un dernier commandement.

— Refortifiez la sortie de derrière, mais, en dehors de ça, laissez tout tel quel. Même avec les pouvoirs magiques de Bobby, ça va pas être facile de les convaincre. Vaut mieux qu'on n'ait l'air de rien cacher. Oh ! et avertissez-nous quand les experts scientifiques et toute la clique débarqueront, juste au cas où il y aurait besoin d'un petit sortilège rapide.

Katie me prit le bras. Elle avait les mains froides, même pour un vampire.

— Tu es sûre qu'on fait ce qu'il faut ? demanda-t-elle.

— Ce dont je suis sûre, c'est que j'ai pas d'autres idées. Toi ?

Elle secoua la tête et je lui serrai les mains.

— Ça va marcher. Tu verras.

Je me redressai de toute ma hauteur, passai un doigt sur mes dents et me préparai pour mon gros plan. J'espérais seulement qu'on apparaissait sur les caméras, car, sur les miroirs, ce n'était pas le cas.

Autrement, je ferais mes débuts à l'écran en qualité de femme invisible.

24

Avec News Channel 9, le cirque médiatique ne faisait que commencer. Avant même que nous ayons terminé, trois grandes chaînes de télévision avaient envoyé des équipes et, bien qu'au début elles nous aient crus dingues, elles n'arrêtèrent pas leurs caméras. Pas avant qu'on ait fini, en tout cas.

Et c'est alors que le caméraman de Sandra effectua un rapide retour en arrière pour visionner l'enregistrement. Il sursauta, droit comme un I et les yeux sortis de la tête. En voyant sa réaction, un autre caméraman vérifia rapidement son enregistrement pendant que le premier type alternait ses regards entre sa caméra et nous, comme si ce va-et-vient pouvait résoudre le mystère.

— Les vampires n'apparaissent pas dans les miroirs ni, je suppose, sur la pellicule, expliquai-je en dissimulant ma déception. Vous nous croyez maintenant ?

Sandra cessa de nous regarder et alla se placer derrière le caméraman pour voir ce qu'il voyait. Je ne pouvais m'empêcher de remarquer que ce mouvement lui permettait aussi de placer son collègue entre elle et nous, tel un bouclier humain. Je retirai ce que j'avais dit : elle et moi, nous ne pourrions jamais aller faire les boutiques ensemble. Maintenant que je l'examinais de près, cette tenue sympa n'était rien d'autre, d'ailleurs, que de la très bonne contrefaçon, probablement fabriquée dans un atelier clandestin pas très catholique.

Le premier agent arrivé sur les lieux – mégaphoneman – dit :

— On va avoir besoin du commissaire divisionnaire.

— Au minimum, marmonna son partenaire.

— Il va falloir que j'appelle, dit le flic au mégaphone en s'adressant à nous cette fois, comme s'il demandait la permission.

Bobby, tel un roi, lui donna son assentiment d'un signe de tête. Je faillis être prise d'un fou rire, mais je n'étais pas étourdie au point d'y céder. Ce qui m'avait paru l'évidence même quand j'avais ordonné de défaire la barricade n'était désormais plus clair du tout. Nous laisseraient-ils ensemble ? Après tout, cet endroit ne nous appartenait pas sur le papier, à moins qu'il existât des lois au sujet des butins de guerre. Nous renverraient-ils chez nous ? Nous arrêteraient-ils pour nous interroger ? Quelqu'un découvrirait-il mes mésaventures au centre commercial ? Trevor avait-il raison de craindre qu'on s'empare de nous en vue de quelque projet secret, comme la création de super soldats pour l'armée ? Et pour quel gouvernement ?

Bobby se pencha et me serra la main.

— Ça n'arrivera pas.

Je le regardai en plissant les yeux, contente de fixer mon attention sur quelque chose.

— Est-ce que tu es en train de lire dans mes pensées ?

— Non, dans le langage de ton corps. Quand t'es inquiète, tes sourcils font un petit pli juste…

Il posa un doigt sur mon front, entre mes sourcils.

— … là.

J'émis un petit cri.

Dans la pièce, tout le monde me regarda.

— Rides ! expliquai-je.

Tous reprirent ce qu'ils étaient en train de faire, sans aucune espèce de compassion.

— La jeunesse éternelle, rappelle-toi, murmura Bobby. Ça signifie ne jamais avoir à dire qu'on est ridé.

— Oh ! Dieu merci, murmurai-je à mon tour.

Aucun éclair ne semblant vouloir me foudroyer, je me détendis.

Si nous étions effectivement damnés, il y avait peu de chances que nous apparaissions en priorité sur la liste « Personnes à châtier » de Dieu. Et pour le moment, personne d'autre n'était après nous. Ce qui m'amena une autre pensée : il me semblait que l'industrie des soins de beauté nous convoiterait tout autant que le gouvernement.

Car, enfin, tout le monde était à la recherche de la fontaine de jouvence, et nous étions tombés en plein dedans. Nous pourrions faire fortune rien qu'en vendant des échantillons de peau. Ou bien bâtir un empire en créant notre propre crème miracle.

— Allons filmer le reste de la maison, dit Sandra, qui s'ennuyait déjà et qui se croyait en sécurité, malgré toutes les bizarreries qu'elle avait vues jusque-là.

J'espérais seulement que le reste du monde s'adapterait aussi rapidement.

— Scène de crime ! dit mégaphoneman – comme si cela venait subitement de lui revenir – et en vociférant qui plus est. Vous ne devriez même pas être ici.

A l'adresse de son partenaire, il ajouta :

— On ferait mieux d'établir un périmètre avant que le patron arrive.

— On vous raccompagne, dis-je à Sandra, à qui cela n'avait pas l'air de faire trop plaisir.

J'étais à moitié tentée de faire un salut, mais je craignais de ne pas utiliser le bon doigt.

Je me contentai donc d'acquiescer d'un signe de tête discret, bien que cela me coûtât.

Au moins, une fois que tout le monde fut dehors, Bobby et moi eûmes enfin un instant rien que pour nous.

— J'imagine que tout a changé, dis-je, prouvant ainsi que j'étais très douée pour débiter des évidences.

Je songeai à la prophétie. *Changement* et *chaos*. Ouaip, nous avions accompli les deux, c'était sûr.

Bobby me prit le menton, leva mon visage vers le sien, et je me noyai dans ses yeux bleus sans fond.

— Le monde n'arrête pas de changer, dit-il. Le mieux qu'on puisse faire, c'est de guider notre propre trajectoire.

Dire ce genre de choses, ça ressemblait tellement à Bobby que je souris, animée par le sentiment étrange que tout allait pour le mieux dans le meilleur des mondes, quelles que soient les conséquences de la soirée.

— Bobby, je t'ai… (oh ! c'était à deux doigts) t'aime bien. Quoi qu'il arrive, on tient le bon bout, hein ?

En matière de déclarations éternelles, ce n'était pas très réussi, mais il semblait comprendre ; en admettant du moins que le baiser à vous liquéfier les os et vous brûler l'âme qu'il me donna en soit l'indice.

J'étais prête à me lever et à verrouiller la porte, si mes jambes voulaient bien me soutenir, afin que Bobby puisse continuer sur sa lancée.

Mais, depuis le seuil, une voix incroyablement caverneuse dit :

— Est-ce que c'est une soirée privée ou est-ce que je peux participer ?

D'un bond, nous nous écartâmes l'un de l'autre comme des adolescents coupables. Et je suppose que nous l'étions, la partie « coupables » en moins.

Juste là, dans l'encadrement de la porte, se tenait un homme vêtu d'un superbe costume noir – genre noir corbeau, le plus beau sur mesure que j'aie jamais vu.

S'il avait une arme, il la dissimulait et avait la main nonchalamment enfoncée dans la poche droite de son pantalon. Et, la classe, il portait des lunettes de soleil la nuit.

— Bordel de merde, dit tout bas Bobby avec révérence. Les hommes en noir. Ils existent donc vraiment.

L'homme referma la porte, et je vis mes rêves de liberté, de gloire et de fortune s'écraser et se consumer. Si quelque agent secret était vraiment venu nous rendre visite, il y avait peu de chances qu'il soit là pour nous offrir la vie de château.

Pendant un instant, il toisa chacun de nous. Ça me faisait trop bizarre de ne pas me voir dans ses lunettes noires. Je me demandais si je m'y habituerais un jour.

— Voilà comment ça va se passer, dit-il sans préambule.

Sa voix ne possédait aucune inflexion, comme si elle était préenregistrée.

— Mes gens sont dehors à faire le ménage, à tout faire disparaître. Vos gens à vous sont maintenant les nôtres.

Génial, j'avais acquis et perdu un entourage, tout ça en une journée. Ça devait tenir du record.

— Qu'est-ce que vous entendez par *nos* gens ?

Je posai les mains sur mes hanches.

— Vous êtes qui ?

— C'est promis, vous le saurez bien assez tôt. Pour l'instant, vous venez avec nous.

— Sûrement pas, dit Bobby, prêt, semblait-il, à lancer une nouvelle attaque.

— Je crains que vous n'ayez guère le choix.

Bobby rassembla ses esprits comme s'il était prêt à se battre pour sa liberté. Je sentais le pouvoir augmenter. C'est alors que l'homme mystère sortit la main de sa poche et laissa un truc tomber au bout d'une chaîne. Le médaillon de Melli la malodorante, devenu supernova et brûlant comme un soleil incandescent. Je me demandai soudain si les guetteurs contre lesquels Rick m'avait mis en garde faisaient vraiment partie du conseil. Ou si, du moins, ils faisaient tous partie du conseil.

— Vous voyez, on est au courant, dit-il d'un ton sinistre. D'autres entendront parler de vos pouvoirs. Nous ne pouvons pas vous laisser tomber en de mauvaises mains. Vous pouvez travailler pour votre pays ou vous pouvez faire vos adieux à votre vie… et à votre copine. Vous n'avez pas d'autres choix.

Bobby et moi, nous nous regardâmes. Nous avions échappé tant bien que mal au Charybde du dragon pour nous échouer sur les roches de Scylla.

Mais, comme toujours, mon esprit semblait déterminé à voir le bon côté des choses.

Je posai une main sur le bras de Bobby pour l'empêcher de faire une bêtise.

— J'ai une question, agent X. Est-ce que ce boulot s'accompagne d'une indemnité vestimentaire ?

FIN

Remerciements

Il y a tellement de gens que je voudrais remercier que je ne sais pas par où commencer, mais les voici, dans le désordre. Je remercie donc mon merveilleux agent, Kristin Nelson, pour tout ; Andrew Karre, le correcteur qui a été le premier à y croire, pour ses corrections pertinentes ; et mes nouveaux correcteurs, Brian Farrey et Sandy Sullivan pour avoir si bien traité mon livre.

Je voudrais remercier mon groupe de soutien « Mauvais traitements du genre hybride » pour les mauvais traitements (bien sûr) et les encouragements ; mon mari et mon fils, qui me feront payer de n'être pas les premiers sur cette liste, même si c'est le cas, bien sûr ; ma mère, qui a toujours été ma supportrice ; mon père, pour l'expertise photo ; ma sœur et le reste de ma famille pour leurs bizarreries et leurs folies merveilleuses ; les Red Hat Ladies de Wilderness Lake, qui ont acheté mon premier roman sous pseudonyme et qui sont trop fantabuleuses ; Beth Dunne pour avoir aimé Bobby et Gina et pour son enthousiasme contagieux. J'aimerais aussi faire un petit coucou aux gens de l'Igloo Café d'Astoria, NY, qui est un lieu propice à l'écriture, et le studio Tae Kwon Do dans le Queens, où j'ai effectué de multiples révisions pendant que mon fils faisait ses entraînements.

Dans la même collection

La série "Envoûtement"

par Carrie Jones

Envoûtement

tome 1

Zara collectionne les phobies et les angoisses, comme les autres jeunes filles de son âge collectionnent les bâtons de rouge à lèvres.

La vie n'a pas été tendre avec elle et sa mère, incapable de s'occuper d'elle, vient de l'envoyer vivre chez sa grand-mère.

Zara espère pouvoir y vivre en sécurité, loin de ses peurs. Pourtant, les froides forêts de la région n'ont rien de rassurant, et d'étranges aventures attendent la jeune fille…

Qui est ce garçon qui la suit partout et semble si maléfique ? Heureusement, Nick, un élève de sa classe, veille sur elle, et sa beauté ténébreuse n'est pas le moindre de ses atouts… Mais n'a-t-il pas, lui aussi, de lourds secrets ? Zara ne va pas tarder à découvrir que le danger se cache derrière les apparences...

Et que les humains ne sont pas ceux que l'ont imaginé !

Captive - tome 2

Avec ses nouveaux amis, Zara croyait avoir gagné la bataille contre les lutins malfaisants.

Mais la trêve est de courte durée : d'autres créatures envahissent la région. Toujours aussi phobique et angoissée, Zara a désormais appris à faire confiance, notamment à Nick, le beau ténébreux devenu son petit ami loup-garou.

Avec les autres métamorphes, ils vont devoir unir leurs forces pour empêcher le carnage qui se prépare.

Dans leur combat, ils vont croiser une étrange walkyrie qui rôde tel un présage de mort… Et Zara devra se décider : accordera-t-elle sa confiance à cet étrange garçon blond qui la suit partout et dont le destin semble si étroitement lié au sien ?

Un univers de créatures fantastiques et de loups-garous : une révélation pour les lecteurs qui ont aimé *Twilight*.

ISBN : 978-2-35288-322-7 / 978-2-35288-393-7